KB112807

사물 속에서 철학 찾기

이수정 철학에세이

사물 속에서 철학 찾기

천지인
天地人

철학과 현실사

차례 🌿

地　제2부 지

人 제3부 인

서문

어느 날 사물들이 내게 다가왔다. "이런 철학은 어때요?" "나에게는 이런 철학이 숨어 있어요." "사람들이 이런 걸 좀 알아줬으면 좋겠어요." 그렇게 말하는 것 같았다.

때로는 시인의 감성으로 때로는 철학자의 지성으로 나는 그 온갖 사물들의 철학적 신호에 귀를 기울였다. 그리고 그것을 받아 적었다. 이 책은 그런 작업의 보고서인 셈이다.

어쩌면 좀 의미 과잉일지도 모르겠다. 하지만 물신이 지배하는 이 세상, 오직 숫자만이 기세등등한 이 세상, 이 건조한 세상에 나는 의미라는 물줄기를 하나 흘려보내고 싶었다. 아마도 사막에 물 대기일 것이다. 그래도 어쩌면 한 몇 백 명 정도는 이런 이야기를 재미있게 읽어주지 않을까. 그렇다면 '그게 어딘데….' 이게 요즘 내가 기대고 있는 가치관이다.

펼쳐놓고 보니 천, 지, 인, 거의 삼라만상이 다 들어 있다. 나는 그저 저들의 언어를 중계했을 뿐이다. 소중한 철학을 알려준 저 하늘과 땅 그리고 사람, 그리고 그 속의 온갖 사물들, 그들의 속 깊은 언어에 대해 삼가 옷깃을 여미고 경의를 표한다.

초고를 읽고 격려해준 첫 독자, 나의 아내와 나의 딸에게 감사한다.

2015년 봄, 다시 서울에서
이 수 정

제1부 천

天

하늘의 철학

주말에 난지도 하늘공원을 다녀왔다. '하늘공원', 누군지 이름도 참 잘 붙였다. 속이 탁 트이는 것 같았다. 너무너무 좋았다. 그 느낌이 내 가슴속에 한 편의 시로 남았다.

빛이 내리는 날

책을 덮었다. 그리고 단호히
모든 전원을 차단했다
나는 나의 세계에서 나를
추방했다
(반란이다!)
아내와 딸들을 꼬드겨 하늘공원으로 차를 몬다

291, 계단을 오르면서, 헐떡이면서

하나씩 머리를 비우고

하나씩 가슴을 채운다

도시의 고원

드넓은 그 풀밭에서 나는

'이야―' '우오―' 함부로 감탄을 한다

하늘이 한껏 열리고

구름이 한둘 흐르고

억새는 은빛 손으로 바람을 희롱한다

시간은 순식간에 40년 전으로 되돌아가고

나는 그리운 나를 다시 만난다

하마터면 속절없이 날릴 뻔했던

오늘은 주말

빛도 행복으로 내리는

인생의 쉼표

억새도 억새지만 한껏 열린 하늘을 보는 것도 여간 좋은 일이 아니다. 하늘…. 아주 오래전 대학생 때 제주도에서 그런 탁 트인 하늘을 보며 감동한 적이 있었다. 도시의 빌딩 사이로 보이는 조각난 하늘, 대개 창을 통해서만 보이는 네모난 하늘과는 질적으로 다른 온전한 하늘이었다.

바쁜 일상에 쫓기는 우리 현대인들은 아예 하늘을 쳐다보는 일조차

많지 않지만 이따금씩 마주하게 되는 저 하늘은 정말로 넓고 높고 그리고 크다. 어느 날은 그런 하늘을 물끄러미 바라보다가 문득 이런 생각이 든 적도 있다.

하늘은 왜 넓은가

하늘은 왜 넓은가
거기
별 되어 빛나야 할 사랑들이 저토록
많기 때문이다

하늘은 왜 넓은가
거기
구름 되어 흘러가야 할 아픔들이 저토록
많기 때문이다

저리도 많은 아름다움들 아픔들
다 품어주려면
어쩌면 하늘은
좀 더 넓어야 할지도 모르겠다

하늘의 넓음은 '사랑들과 아픔들을 품어주는 가슴'으로 내 시심에 다가왔다. 하늘은 그 자체로 사랑이었다.

그러고 보니 이런 것도 있었다. 도쿄에 살 때 읊었던 하이쿠 한 수. "遠からぬ秋の知らせか高い空(저만치에 온 가을을 알림인가 드높은 하늘)." "靑空や秋描きおる赤とんぼ(푸른 하늘에 가을 그리고 있는 고추잠자리)." 그때 내게 다가온 하늘은 '계절의 얼굴', 그리고 '계절의 화폭'이었다. 아름다운 존재가 아닐 수 없다.

내친김에 저 하늘에 대한 선전을 좀 해봐야겠다. 우리가 아는 저 하늘은 사실 단순한 지구의 천장이 절대 아니다. (그래서 저것은 무너질 일이 없고, 그래서 저게 무너지면 어쩌나 하는 식의 공연한 걱정을 '기우(杞憂)'라고 일컫는다.) 저것의 실체는 '공간'인 것이다.[1] 저것을 우리는 '우주'라는 말로 부르기도 한다. 저 우주공간의 크기를 나는 종종 작정하고 한번 생각해본다. 어쩌면 알게 모르게 철학자들의 영향을 받은 건지도 모르겠다. "저 무한 공간의 영원한 침묵은 나를 두렵게 한다"는 말을 파스칼의 『팡세』에서 발견했을 때, 나는 절대적으로 공감했다. 칸트는 거기에 액센트를 더했다. 그는 저 유명한 『실천이성비판』의 결론부 첫머리를 이런 말로 장식했었다. "내가 그것에 대해 자주 그리고 오래 생각할수록 점점 더 새로워지고 커지는 놀라움과 두려움으로 내 가슴을 채우는 것이 두 가지 있다. 그것은 바로 내 위에 있는 저 별하늘, 그리고 내 안에 있는 도덕률." 햐~ 참 멋진 말이 아닐 수 없다. 칸트는 이 말 한마디만으로도 충분히 철학자인 것이다. 그의 이 말은 그의 고향 쾨니히스베르크(현재 러시아의 칼

---

1) 데모크리토스가 말한 공간(kenon)도 결국은 이것과 다르지 않다. 단 기하학이 전제하는 관념상의 공간, 칸트가 말하는 감성의 직관 형식으로서의 공간과는 구별된다.

리닌그라드)에 있는 그의 무덤에 비문으로도 남아 있다.

하늘은, 우주공간은, 참으로 신비 그 자체다. "저것은 도대체 얼마나 클까?" "저것은 도대체 왜 있을까?" 작정하고 이런 것을 한번 물어본다면 우리는 그저 아득한 심정에 빠져드는 것 외에 아무런 대책이 없다. 파스칼처럼 두려워하거나 칸트처럼 경탄하거나, 그것 외에 우리가 할 수 있는 게 무엇인가? 우리가 최고의 두뇌로 최대의 자본으로 최첨단의 기술력으로 최고의 우주선을 쏘아 날아가본들 저 무한공간의 끝은 도저히 확인이 되지 않는다. 확인이 되지 않는 한 그것은 그저 '무한'일 뿐이다. 그런 점에서 우리 인간은 아무리 날고 기어봤자 부처님의 손바닥을 벗어날 수 없는 손오공과 다를 바 없다. 그의 근두운이 우리의 우주선보다 차라리 나을지도 모르겠다. 저 헤아릴 수 없는 무수한 별들을 다 품고도 우주공간은 아직도 이렇게 거의 텅 빈 상태나 다를 바 없지 않은가. 그토록 어마어마한, 상상을 초월하는 크기인 것이다.

더욱이 이 아득한, 까무러칠 만큼 큰 공간의 '생성'에 대해, 그 '기원'에 대해, '원인'에 대해, 우리가 할 수 있는 말이 무엇인가? 빅뱅? 그게 설명이 되나? 어림도 없다. 그게 아무리 엄청난 이론이라 해도 거기에 '왜?'라는 글자 하나만 갖다 댄다면 그 어떤 과학자라도 더 이상 할 말이 없다. 애당초 어떤 장소가 있어야 거기서 뭔가가 터지든지 말든지 할 게 아닌가. 그래서 우리는 영원히 '신의 창조'라는 말에 기댈 수밖에 도리가 없는 것이다. 우리가 하늘이라는 것을 어떤 절대적 존재, 즉 신과 결부시키는 것도 그 때문이다. 하늘은 그렇게 '하늘'을 지시한다.

저 위대한 공자도 그런 절대적 존재를 '하늘(天)'이라고 지칭했다. "하늘은 어떻게 말을 하는가. 사시가 행해지고 백물이 생육한다. 하늘은 어떻게 말을 하는가(天何言哉 四時行焉 百物生焉 天何言哉)." 내가 기회 있을 때마다 자주 인용하는 이 말에서 그는 계절의 순환과 만물의 생육을 하늘의 언어로 해석한 것이다. 예수가 거듭 강조했던 '천국(하늘나라)'도 근본적으로 그것과 다르지 않다. 그것은 저 하늘과 통하는 어떤 절대적 존재의 거룩한 영역[2]을 암시하는 것이다. (그리고 철학자 하이데거는 우리가 사는 이 존재의 세계를 사방세계(das Geviert)라 부르면서 그 사방을 구성하는 네 축(천, 지, 신, 인)의 하나로 '하늘(Himmel)'을 언급했다.)

그러므로 어떤 대단한 단어도 저 '하늘'에 대한 수식어로는 불충분하다. '위대하다'는 말로도 어림없다. 그래서 우리 인간은 그저 인간의 언어로 아주 소박하게 감탄할 뿐이다. 저 하늘은 참 넓다고 높다고 그리고 크다고.

그런 넓이로, 그런 높이로, 그런 크기로 저 하늘은 오늘도 저렇게 우주 한가득 펼쳐져 있다. 그것으로 하늘은, 하늘 아래 있는 우리 인간들에게 가르친다. 너희는 좁다고 낮다고 그리고 작다고. 그러니 겸손하라고. 그렇게 가르친다. 저 말 없는 말로, 소리 없는 소리로.

---

[2] 선(善)의 의지로 존재하는 절대선의 세계.

하늘빛의 철학

"푸른 하늘 은하수 하얀 쪽배엔~" 하고 우리는 당연하게 노래했었다. "날아라 새들아 푸른 하늘을~" 하고도 노래했었다.

이런 노래들은 이제 오직 과거형으로만 우리에게 남아 있다. 우리의 '그때 그 시절'이 이미 과거로 흘러갔기 때문이지만 그것 때문만은 아니다. '푸른 하늘' 그것 자체가 또한 현재라는 시간 속에서 실종되어버렸기 때문이다.

1년간의 보스턴 생활을 마치고 귀국한 지 벌써 여러 달이다. 이 몇 달 동안 서울 상공에서 '푸른 하늘'을 거의 본 적이 없다. 아이들의 크레파스 통에서 내가 아는 그 '하늘색'이라는 말이 지금도 그대로 쓰이고 있는지 궁금해진다. 지금 우리에게 '하늘색'이란 희뿌연 회색과 별반 차이가 없는 것이다. 호흡에서도 저 회색과 같은 어떤 답답함, 불편함이 느껴진다. 저 위에서 하늘의 신음소리가 들리는 듯하다.

지난 1년간 생활한 보스턴에서 하늘의 푸른 빛깔을 가리던 것은 오직 새하얀 구름과 눈, 비 그리고 안개뿐이었다. 저녁에는 서쪽 하늘가에 눈이 황홀할 만큼의 붉은 노을이 거의 매일, 그 옛날 〈바람과 함께 사라지다〉의 저 인상적인 마지막 장면과 큰 차이 없이 그려지곤 했었다. 거두절미하고 그것은 아름다움 그 자체였다.

　10여 년 전 독일의 프라이부르크에서 1년간 생활한 적이 있었다. 세계적 환경도시로 이름난 그곳의 하늘빛은 거의 눈이 시릴 정도였다. 과장이 아니다. 당연한 듯 펼쳐져 있던 그 하늘의 그 빛깔이 실은 엄청난 축복이었음을 지금 이 희뿌연 서울 하늘 아래서 새삼 되새겨보지 않을 수 없다. 그립게 혹은 부럽게. 그런 푸른 하늘은, 거기서 느끼던 그 좋은 느낌은, 어찌 보면 그 자체로 하나의 명령이었다. 맑아야 한다는, 푸르러야 한다는, 칸트식의 이른바 '정언적 명령(kategorischer Imperativ)'(무조건적 명령) 그 자체였다.

　서울 거리를 나다니는 사람들의 표정은 무덤덤하다. 더러 황사 마스크를 쓴 사람이 없는 것은 아니나 대부분은 이제 이 빛깔을 당연한 듯 받아들이고 있는 듯하다. 적응할 것이 따로 있지…. 이건 아니다 싶다. 지구, 자연, 환경, 미래, 후손, 생명, 존재를 염려하며 『책임의 원리』를 외친 저 한스 요나스와 함께 나라도 깃발을 좀 들어야겠다.

　이 희뿌연 빛깔이 대재앙의 서막임을 우리는 알아야 한다. 이것을 이대로 방치할 경우, 언젠가는 민족의 엑소더스, 국가의 쇠퇴로 이어질 수도 있다. '삼천리 금수강산'은 이미 여기저기서 아득한 옛말이 되고 말았다. 심지어는 인류의 위기, 지구의 파탄을 운운해도 결코 과장이 아니다.

어쩌면 좋은가. 황사와 저 죽음의 가루라는 미세먼지가 중국에서 날아오는 거라니 어쩔 수가 없는 것인가. 지구를 거꾸로 돌려 편서풍을 반대로 불게 할 수도 없고 더욱이 짐을 싸 나라를 통째로 다른 곳으로 옮겨갈 수도 없다. 애당초 나라의 터를 잘못 잡았다고 단군을 탓할 수도 없는 노릇이다.

생각해보면 이 모든 것이 결국은 인간이 저질러놓은 일. 결자해지라고, 결국은 인간이 이 문제를 수습하지 않으면 안 된다. 이 결과에 대한 원인이 분명하니 그 원인의 제거를 통해 문제를 해결하는 것이 온당한 논리다. (내가 듣기로, 보스턴도 런던도 그렇게 문제를 해결했다고 한다.) 그러니 중국으로 가자. 가서 저 고비사막에 물의 만리장성을 만들어서라도 치수를 하고 나무를 심자. 중국의 모든 공장, 모든 자동차에 공해물질 거름 장치를 달아보도록 하자. 만일 그런 일들을 사업과 연계한다면 환경문제도 해결하고 돈도 벌고 일거양득이 되지 않을까. 중국에서도 문제의 심각성은 충분히 인식하고 있는 듯하니 길이 없지는 않을 것이다. 정부는 정부대로 민간은 민간대로 이제 본격적인 협의에 나서야 한다.

원인의 제공자는 아마 중국뿐만이 아닐 것이다. 국내의 오염원도 만만치 않다. 중국을 상대하기보다야 쉬울 테니 우선 국내부터 조치를 취해야 한다. 화석연료를 대체할 태양열, 지열, 풍력, 조력 기타 등등 청정 에너지를 실용화하고 모든 자동차들도 전기차, 수소차로 바꿔나가자. 서울, 부산 등 대도시에도 숲을 가꾸어 그 면적을 두 배 이상 늘려나가자. "천 리 길도 한 걸음부터" 그리고 "티끌 모아 태산"이라고 지금 여기서 뭔가 하나를 시작하면 그 시작이 이윽고는 어떤 결과를 만들어낸다. ("그 시작은 미미할지나 그 끝은 창대하리라"는 말도 있지 않은가.) 시작이 없으면 결과도 없고 해결도 없다. 그러면 10년 후, 20년 후에도 '푸른 하늘'은 여전히 당연한 현실이 되지 못하고 여전히 그리움의 대상으로 남아 있을 것이다.

밤마다 모든 전자제품의 코드를 다 뽑아버리고서야 비로소 잠드는 저 기특한 아내에게서 나는 미래의 푸른 하늘을 보고 있다. 그런 손길, 그런 눈길을 나는 실천적 환경철학이라고 이해한다.

일본의 시인 타카무라 코타로(高村光太郎)도 아마 나의 이런 철학에 공감해줄 것이 틀림없다. 내가 좋아하는 그의 시 한 편을 여기에 덧붙여둔다.

천진난만한 이야기

치에코는 도쿄에 하늘이 없다고 한다
진짜 하늘이 보고 싶다고 한다
나는 놀라서 하늘을 본다
벚꽃 어린 잎 사이에 있는 저것은
뗄래야 뗄 수 없는
예부터 익히 아는 깨끗한 하늘
뿌옇게 흐린 지평의 바림은
연분홍 아침의 촉촉함이다
치에코는 멀리를 보면서 말한다
아타타라산의 저 산 위에

매일 나와 있는 푸른 하늘이

치에코의 진짜 하늘이라고

참 천진난만한 하늘 이야기다

あどけない話

智恵子は東京に空が無いといふ、

ほんとの空が見たいといふ。

私は驚いて空を見る。

桜若葉の間に在るのは、

切つても切れない

むかしなじみのきれいな空だ。

どんよりけむる地平のしめりは

うすもも色の朝のしめりだ。

智恵子は遠くを見ながら言ふ。

阿多多羅山(あたたらやま)の山の上に

毎日出てゐる青い空が

智恵子のほんとの空だといふ。

あどけない空の話である。

구름의 철학

지나간 어린 시절 혹은 젊은 시절을 돌이켜보면 거기엔 어떤 아련함의 커튼이 드리워진다. 그 커튼 저쪽에는 노래하며 흐르는 낙동강이 있다. 집에서 10여 분이면 충분했던 그 강에는 강물만 흐르는 것이 아니었다. 강둑의 풀밭, 새하얀 백사장, 강 건너 산들, 오래된 정자, 그리고 그 위에 펼쳐진 드넓은 하늘, 그리고 그 빨려 들어갈 듯 청정한 파랑을 바탕으로 피어오르던 새하얀 구름들…. 말 그대로의 자연이 거기 있었다. 그것은 하나의 온전한 세계였다.

그때 거기서 보던 것과 비슷한 구름이 오늘 하늘에 피었다. 이런 날도 있네…. 아련한 그리움의 벗을 만난 것 같다. 그러고 보니 그 시절 내가 무척이나 좋아했던 헤르만 헤세도 저 구름을 무척이나 사랑했었다. 자주 읊던 그의 구름 시가 떠오른다.

흰 구름

오 보아라, 구름이 다시금 흘러간다
잊어버린 아름다운 노래의
조용한 멜로디처럼
파아란 하늘 저 멀리!

어떤 가슴도 구름을 알 수 없다
오랜 여행길에서
모든 방랑의 고통과
기쁨을 알지 못하면.

태양과 바다와 바람처럼
나는 하얗고 정처 없는 것을 사랑한다
그들은 고향을 잃어버린 사람들의
자매요 그리고 천사이기에.

Weiße Wolken

O Schau, sie schweben wieder
Wie leise Melodien
Vergessener schöner Lieder
Am blauen Himmel hin!

Kein Herz kann sie verstehen,

Dem nicht auf langer Fahrt

Ein Wissen von allem Wehen

Und Freuden des Wanderns ward.

Ich liebe die Weißen Losen

Wie Sonne, Meer und Wind,

Weil sie der Heimatlosen

Schwestern und Engel sind.

구름은 그가 좋아하던 방랑(Wanderung)의 벗이었다. 정처 없는 저것은 정처 없는 자들의 자매요 천사…. 그때는 참 이런 언어들이 왜 그토록 가슴에 와 닿았던지. 하기야 구름의 저런 모습이 와 닿는 게 어디 그때뿐이고 헤세뿐인가. 1965년, 온 국민의 가슴을 장악했던 저 라디오 연속극 〈하숙생〉에도 구름은 그 비슷한 모양으로 등장했었다. 그것은 최희준의 노래로 지금도 곧잘 전국의 노래방에서 울려퍼진다. "인생은 나그네 길 어디서 왔다가 어디로 가는가. 구름이 흘러가듯 떠돌다 가는 길에 정일랑 두지 말자, 미련일랑 두지 말자~" 그렇게 그는 인생이 "정처 없이 흘러서 간다"고 노래했다. 구름은, 구름의 흐름은 그렇듯 나그네처럼 왔다가 떠돌다 가는 우리네 허무한 인생의 표상인 것이다. 이런 게 정처 없이 흘러가는 우리네 가슴에 와 닿지 않을 도리는 없다.

이런 표상은 거의 진리라 시대와 장소를 초월한다. 내가 좋아하는 이영유 시인의 시 「잠시 나를 내려놓고」(『나는 나를 묻는다』)에서도 구름은 어김없이 그런 역할을 수행한다.

잠시 나를 내려놓고

인생의 징조란,
하늘에 구름 두어 점
떠 있는 것이겠고,
세상의 조짐이란
두어 점 보이던 구름
홀연,
자취를 감추는 것일 텐데,

하잘것없는 중생들은
어쩌자고
희망만을 이야기하는지
이름도 모르는 희망의 골목들을
뒤지고 다니는지
뒤돌아서면 눈에 보이는 건
하찮은 욕망의
화석일 뿐

두어 점 구름이 나타났다가는 잠시

눈을 돌리면 허공뿐인
아득한 절망!
그곳을 향하여
사뿐히 내려서고 싶다

이 시는 그가 암으로 세상을 뜨기 전, 그 지독한 고통 속에서 쓴 것이라 특유의 어떤 호소력을 지닌다. 구름의 저런 모습은 그렇게 인생이라는, 삶과 죽음이라는 주제에 걸쳐져 있다.

일본의 대표적 고전 소설 『겐지이야기(源氏物語)』에서 주인공 겐지가 파란만장한 삶을 뒤로하고 세상을 떠날 때도, 작가 무라사키 시키부는 그것을 특별한 묘사도 없이 그저 "구름에 숨다(雲隱れ)"라는 말로 표현했다. 참으로 멋지고 세련된 표현이 아닐 수 없다.

저렇게, 흐르는 구름은 저 시인처럼 집착이 없다. 정형도 없다. 유유자적, 자유자재다. 그런 점에서 저것은 어쩌면 탈속하고 해탈한 부처의 환생인지도 모르겠다. 우리는 저런 모습을 배워야 하고 닮아야 한다.

그런데 생각해보면 구름에게는 또 다른 종류의 매력도 있다. 저것은 끊임없이 하늘에다 그림을 그린다. 형형색색, 다채롭기가 이를 데 없다. 나는 저 구름 그림을 그리는 화가가 놀라울 뿐이다. 구름 스스로의 퍼포먼스든 누군가의 회화든, 신이든 자연이든, 그건 중요치 않다. 아마도 이런 느낌이 그때도 있었으리라. 내 고등학생 때 습작 노트에는 이런 설익은 시 한 편이 남겨져 있다.

구름

저건
어디선가 본 적이 있는
초상!
그래
저것도!

파아란 하늘을 마당 삼아서
끝도 없이 펼쳐지는 저건
아직도 이어지는
신의 창조벽

구름이다가
구름이 아니다가

이다가
아니다가

구름의 저 다채로움과 변화무쌍함은 적어도 나에게는 강렬한 임팩트로 다가온다. 그래선지 나는 저 구름으로부터 이런 진리를 배우기도 했다. "구름은 우리 인간들의 욕망과 같다." 즉 이런 말이다. 인생을 사는 우리 인간에게는 신기하게도 욕망이라는 것이 있다. 프로이

트나 라캉 같은 철학자가 알려주듯이 그것은 우리 자신도 잘 알 수 없는 저 무의식의 밑바닥에서 꿈틀거린다. 그것이 곧 인생의 원소다. 그것이 우리 인생을 실질적으로 움직여나간다. 그 욕망은 때로 그 형태를 바꾸며 실로 다양한 이름으로 변주된다. 욕구, 욕심, 야심, 야망, 희망, 대망, 소망, 소원, 꿈, 바람 등등. 그 모든 게 다 '싶다'는 말 속에 수렴된다. 그 모든 '싶음'이 곧 욕망인 것이다. 그런데 이 '싶음', 즉 '욕망'은, 알 수 없는 어떤 곳에서 느닷없이 피어오른다. 생겨난다. 그것은 이윽고 변화한다. 그런가 하면 그것은 또 알게 모르게 사라진다. 이루어져 사라지기도 하고 꺾이고 부서져 사라지기도 한다. (그 파편이 이른바 불행과 상처로 남기도 한다.) 그런데 이 욕망은 또다시 생겨난다. 또 변화한다. 또 사라진다. 그것이 곧 우리네 삶의 과정에 다름 아닌 것이다. 그 모든 것이 꼭 구름과 같다. 구름도 꼭 그처럼 느닷없이 생겨났다가 변하고 이윽고 사라진다. 그리고 다시 생기고 변하고 또 사라진다. 그런 움직임 자체는 인간이 존재하고 살아가는 한 영원히 사라지지 않고 되풀이된다. 니체식으로 말하자면 동일자의 영겁회귀, 진리인 것이다.

하지만 이것이 또 다도 아니다. 구름은 그렇게 천 개의 얼굴을 지니고 있다. 무엇보다도 저것은 아름답다. 뭉게구름도 새털구름도 양떼구름도 삿갓구름도… 제가끔 다 아름답다. 심지어 여름날 소나기를 몰고 오는 먹구름도 나름대로는 아름답고, 흐린 날 하늘을 가득 덮은 구름 커튼도 또한 그렇고…. 아 그리고 무엇보다도 저 높은 곳에서 내려다보는 이른바 운해는 압권이다. 그것은 어떤 장엄함의 느낌도 가져다준다. 나는 그것을 수많은 비행기에서 내려다봤고, 그리고 저 중국의 황산에서도 본 적이 있다. 누군가 이런 구름의 미학에 트집을 잡는 이가 있다고 해도 설마하니 저 노을 속에서 붉게 물든 구름의 아름다움을 부정할 이는 없을 것이다. 구름 없이는 노을도 없다.

구름의 언어는 한량이 없다. 지금도 하늘에는 흰 구름 몇 조각이 떠가고 있다. 있는 듯 없는 듯, 천천히 조용히. 저 자체로 하나의 철학강의다.

비의 철학

비가 내린다. 차분한 봄비다. 아직은 엷은 뒷산 수목들의 초록이 반기듯 조금 더 짙어진다. 저 수목들의 미소가 보일 듯하다. 마음이 고요히 가라앉는다. 박건호 시인의 시구 하나가 떠오른다. "산만하게 살아온 내 인생을 / 가지런히 빗어주는 저 빗소리" 이런 날, 이런 장면에 딱 어울리는 말이다. 빗소리에는 이런 효능이 분명히 있다. 빗소리는 빗이다. 머리 빗는 빗처럼 가슴 빗는 빗이다.

덕분에 가지런히 빗어진 마음으로 비에 관한 시편들을 한번 뒤져보았다. 괜찮은 것들이 몇 개 눈에 띄었다.

여름비 / 박인걸

하염없이 쏟아지는

맑은 물방울들이
가슴속에 쌓인
지저분한 생각들을 씻는다

허망한 탐욕들과
미련하고 어리석은 판단들
시기와 질투
그리고 오만과 불손까지

지칠 줄 모르고 퍼붓는 소방 살수(撒水)는
불처럼 달아오른 욕정을
얼음처럼 식히고 있다

과분(過分)을 넘어선
삶의 수많은 욕망들을
완급(緩急) 조절하는
비

비 오는 날의 기도 / 양광모

비에 젖는 것을
두려워하지 않게 하소서

[…]

사랑과 용서는
폭우처럼 쏟아지게 하시고
미움과 분노는
소나기처럼 지나가게 하소서

천둥과 번개 소리가 아니라
영혼과 양심의 소리에 떨게 하시고
메마르고 가문 곳에도 주저 없이 내려
그 땅에 꽃과 열매를 풍요로이 맺게 하소서

언제나 생명을 피워내는
봄비처럼 살게 하시고
누구에게나 기쁨을 가져다주는
단비 같은 사람이 되게 하소서

[…]

　이 시인들, 참 대단도 하다. 이들은 비 오는 날에 이런 기발한 생각을 하는 것이다.
　이들은 비를, '가슴속에 쌓인 지저분한 생각들, 허망한 탐욕들, 미련하고 어리석은 판단들, 시기와 질투, 그리고 오만과 불손을 씻어주는 것', '불처럼 달아오른 욕정을 얼음처럼 식히는 것', '삶의 수많은 욕망들을 완급(緩急) 조절하는 것'으로 생각한다.

그리고 비가, '메마르고 가문 곳에도 주저 없이 내려 꽃과 열매를 풍요로이 맺게 하는 것', '언제나 생명을 피워내는 것', '누구에게나 기쁨을 가져다주는 것'임을 확인한다. 비에게 이런 숭고한 철학[3]이 있는 줄은 나도 잘 몰랐다.

또 이런 시도 있었다.

봄비 / 심훈

하나님이 깊은 밤에 피아노를 두드리시네
건반 위에 춤추는 하얀 손은 보이지 않아도
섬돌에, 양철 지붕에, 그 소리만 동당 도드랑
[…]

우현(雨絃)환상곡 / 공광규

빗줄기는 하늘에서 땅으로 이어진 현(絃)이어서
나뭇잎은 수만 개 건반이어서

---

3) 이 책에서는 '철학'이라는 말이 최대한 넓은 의미로 사용된다. 한국 사회에서의 일반적 통용에 따라, '어떤 의미가 실린 확고한 소신, 혹은 태도, 자세, 행위'를 여기서는 '철학'이라고 불러준다. 사물들에게 내재된 의미로부터 그런 철학들을 해석해 읽어내고자 하는 것이 이 책의 기본의도다.

바람은 손이 안 보이는 연주가여서

간판을 단 건물도 고양이도 웅크려 귀를 세웠는데

가끔 천공을 헤매며 흙 입술로 부는 휘파람 소리

화초들은 몸이 젖어서 아무데나 쓰러지고

수목들은 물웅덩이에 발을 담그고

비바람을 종교처럼 모시며 휘어지는데

오늘은 나도 종교 같은 분에게 젖어 있는데

이 몸에 우주가 헌정하는 우현환상곡

이들도 대단함에서 뒤질 게 없다. 이들은 비를, '하나님이 두드리는 피아노 소리', '하늘에서 땅으로 이어진 현(絃)', '이 몸에 우주가 헌정하는 환상곡'으로, 그리고 '쏘나타로 쏟아지는 소리, 속죄하고 얼음 직전의 순수울음을 울게 하는 소리'(유안진)… 그런 것으로 인식하는 것이다.

그래, 그렇지. 비는 그렇게 윤리적인 존재요 미학적인 존재다. 비는 교사요 청소부요 농부요 정원사요 소방수요 연주가다. 무슨 긴 말이 필요하겠는가. 피워냄, 씻음, 식힘, 조절, 닦아줌, 맑힘, 이런 것으로 이미 충분하지 않은가. 비는 씻어준다. (저 지겨운 황사와 미세먼지까지도 다 씻어준다.) 그리고 맑혀준다. (어떤 탁한 도시의 공기도 다 맑혀준다.) 그리고 피워준다. (온갖 꽃들, 온갖 생명들을 다 피워준다.) 특히 '가뭄에 단비'는 이 모든 덕들의 종합판이다. 비의 이런 면모는 철학자 하이데거의 시에 등장하는 저 존재론적 명제 "비는 방울져 떨어진다(Regen rinnt)"보다도 더 값진 철학으로 다가온다.

이런 비의 철학을 확인하기 위해 우리는 특별히 수고할 것이 없다. 어느 비 오는 날, 그저 눈을 뜨기만 하면 된다. 귀를 열기만 하면 된다. 그리고 저 비에 가슴 적실 준비만 하면 되는 것이다. 혹 쇼팽의 「빗방울 전주곡」 같은 것이 흐르면 더 좋을까? 아니 어쩌면 그것조차도 비 오는 날은 사족일지 모른다. 빗소리보다 더 좋은 음악이 어디 있겠는가.

아직도 창밖에는 비가 내린다. 내 가슴속에도 비가 내린다. 촉촉하게 차분하게 싱그럽게. 아름답다. 이제 곧 개나리 진달래도 피려나 보다. 비가 저들을 쓰다듬는다.

번개 · 천둥의 철학

날씨가 심상치 않다. 대낮인데 컴컴한 것이 거의 밤이다. 빗소리도
쏴쏴— 장난이 아니다. 파바바팟! 번개가 치고 우르릉쾅광! 천둥이 완
전 난리다. 제우슨지 주피턴지 뇌신인지 인드란지 모르겠지만 엄청 성
질이 났나 보다. 집집이 어린아이들과 맘 약한 여자들은 지금 저 〈사
운드 오브 뮤직〉의 아이들처럼 베개를 들고 마리아 선생님의 방으로
뛰어가고 싶을 것이다. 어쩌면 지금 누군가는 아이들을 달래려 「내가
좋아하는 것들」이라는 그 노래를 불러주고 있을지도 모르겠다. 하기
야 나도 어릴 때는 천둥 번개가 칠 때 공포에 떨었었다. 그건 아버지의
호통만큼이나 무서웠다. (저 일본인들도 세상에서 가장 무서운 것이
'지진(地震), 천둥(雷), 화재(火事), 아버지(親父)'라고 했던가?)

그런데 참 이상하지? 지금은 저게 그다지 무섭지 않다. 물론 내가
지금 골프장에서 골프채를 들고 있거나 들판의 나무 아래 있다면 이

야기는 좀 다를 것이다. 하지만 나는 지금 안전한 집 안에 있다. 집에 벼락이 떨어지더라도 내가 어떻게 될 위험은 낮다. 이제 누구든 그 정도는 다 알고 있다. 더군다나 여기저기 피뢰침도 있으니 집에 벼락이 떨어질 일도 없다. 누구의 말이었더라? "숨을 곳이 확실하다면 폭풍우도 오히려 즐거울 수 있다"고 하지 않았던가. 이 기묘한 심리. 이건 진리다. 어떤 무서운 일도 '나의 일'이 아니라면 상관없는 것이다. 나만 안전하다면 괜찮은 것이다. 심지어 죽음조차도 그렇지 않은가. 죽음은 그 무엇보다도 무서운 일이지만 세상에 널려 있는 '사람들의 죽음'은 그냥 그런가 보다 하고 지나가는 것이 세상의 이치인 것이다. 나는 지금 일단 안전하니까.

예전에 도쿄에서 살고 있을 때, 내 생애 최대의 천둥 번개를 경험한 적이 있다. 거의 한 시간가량, 쉴 틈도 없이 번개가 치고 천둥이 울렸다. 나는 대학 외국인 숙사의 창가에서 넋을 놓고 그걸 '구경'했다. '장관'이었다. 그건 참 굉장한 구경거리임에 틀림없었다.

그때 나는 그 창가에서 엉뚱하게도 이런 생각을 하게 되었다. 번개를 보고 있다가 이런 생각이 번개처럼 뇌리를 스쳐간 것이다. 아하, 번개는 빛이었구나. 빛의 뒤에는 소리가 따르는구나. 소리보다는 빛이 먼저였구나. 그러면서 그때 불현듯 예수가 떠올랐다. "너희는 세상의 빛이 되라"고 가르친 그는 그 자신이 이미 '빛'이었다. 그런 빛은 소위 자체 발광이라 가릴 수도 없다. 그래서 저 성서가 기록하듯이 그의 '소문'이 세상에 널리 퍼진 것이다. 소문은 소리다. 빛에 관한 소식이 '들리는' 것이다. 그래서 그랬나? "[사람이] 사십 오십이 되어도 들리는 게 없다면 또한 두려워하기에 족하지 않다(四十五十而無聞焉,

斯亦不足畏也已)"고 공자도 이미 그 비슷한 것을 꿰뚫어본 것이다. (그 사람이 애당초 빛이 아니라면 소리도 들리지 않는다. 번개 없이는 천둥도 없는 것처럼.) 번개와 천둥, 빛과 소리는 그렇게 짝을 이룬다. 흥미로운 현상이 아닐 수 없다. '사람의 빛은 소리를 동반한다.' '사람의 빛에는 소리가 뒤따른다.' 그것을 나는 '빛과 소리의 철학'이라고 이름했다.

그런데 흥미로운 것은 이뿐만이 아니다. 내가 전공한 하이데거 철학에 보면 이 번개의 번득임이라는 것이 의미심장한 철학적 개념의 하나로 등장한다. 아는 사람들 사이에서는 유명한 이야기지만 하이데거는 그의 후기 철학에서 '발현(Ereignis)'(만유의 '그렇게 됨')이라는 최근원적, 궁극적 현상을 제시하는데, 그 특성의 하나로 이 '번득임(Blitz, lightning)'을 언급하는 것이다. 언어적 표현으로 보아 그가 번개의 번득임을 염두에 두고 있음은 말할 것도 없다. 다루기에 까다로운 개념이지만 아주 단순하게 말하자면 존재 내지 진리라는 것은 마치 번개의 번득임처럼 밝은 빛으로 열리는 것과 유사하다는 것이다. 하이데거가 만일 저 번개에서 그 개념을 착안했다면 번개는 위대한 존재론의 스승이기도 한 셈이다. 좀 과찬일까?

나의 경험상 이런 존재론이 보통 사람들에게 이해되기는 참 쉽지 않아 보인다. 하지만 저 빛과 소리의 철학, 번개와 천둥의 상관관계는 그나마 좀 이해하기가 쉽지 않을까? 흠~ 글쎄, 잘 모르겠다. 세상을 보면 소리만 요란한 빈 수레도 많고, 알맹이 없는 빈 깡통도 많으니 모든 소리가 다 빛에 유래하는 것은 아닌 것도 같다. 번개도 아니면서 천둥만 기대하는 사람들도 또한 적지가 않다. 그리고 더러는 번개가 쳐도 천둥이 울리지 않는 경우도 없는 것은 아니다. 위대한 이들 중 끝내 빛을 못 보고 소리 없이 세상을 뜨는 경우도 많지 않은가. 횔덜린도 그랬고, 슈베르트도 그랬고, 고흐도 그랬고…. 아니, 사후에라도 그들에 관한 소문은 들려왔으니 어찌 보면 그 천둥이 좀 늦게 친 셈인가? 뭐 그럴 수도 있겠다. 좀 뒤늦은 천둥. 지금 우리 주변의 어떤 번개도 그렇게 50년 뒤, 100년 뒤에 울릴 천둥을 기다리고 있는 건지도 모르겠다. 나도 혹시 그런가?

이크, 방금 좀 큰 것이 하나 터졌다. 벼락인 것 같다. 철학도 좋지만 저 벼락에 사람이 다치는 일은 일단 없었으면 좋겠다.

무지개의 철학

"우와~ 무지개다." 여의도 한강공원을 산책하다가 거대한 무지개를 목도했다. 엄청나게 컸고 너무너무 아름다웠다. 한쪽 끝은 강북 남산에 걸쳐 있고 한쪽 끝은 강남 타워팰리스 근처 어디쯤에 걸쳐 있는 것 같았다. 무지개 자체도 오랜만이지만 저렇게 완벽한 반원에 뚜렷한 빛깔, 그리고 무엇보다도 저런 어마어마한 크기는 거의 처음이 아닌가 싶기도 했다. 눈가와 입가에는 저절로 미소가 번져나왔다. 아름다움과 경이로움을 느끼는 마음은 나이와는 아무 상관이 없는 것 같다. 나는 그 무지개가 희미해질 때까지 선 채로 지켜보았다. "인간 세상도 이리 아름답다고 무지개 뜨나(人の世も斯く美しと虹の立つ)"라고 노래했던 타카하마 쿄시(高浜虚子)의 하이쿠 한 수가 잠깐 거기에 겹쳐지기도 했다.

산책을 계속하면서 아득한 초등학교 시절 프리즘이라는 물건을 통해서 처음 무지개라는 것을 만나 신기해하던 때가 떠올랐다. 그리고 신혼여행을 마치고 집으로 돌아오던 길에 마치 행복의 약속처럼 하늘에 떠 있던 쌍무지개를 가슴에 옮겨 담던 장면도 떠올랐다. (참고로 나는 꼭 그 쌍무지개 같은 두 딸을 얻게 되었다.) 그러고 보니 초등학생 때 즐겨 읽은 소설책 중에 『쌍무지개 뜨는 언덕』이라는 것도 있었던가?

하여간 그 무지개가 얼마나 아름다웠던지 그것은 하나의 사건이 되어 저녁 뉴스의 한 토막을 차지하기도 했다. 생각해보면 무지개를 싫어하는 사람은 없는 것 같다. 그런 점에서 무지개는 어쩌면 무조건적인 선, 혹은 절대적인 미의 존재를 상징하는 하나의 철학적 장치일지도 모르겠다. 그리고 '아름다움은 자연스럽게 사람들의 시선을 끌어당긴다'는 미학의 원리(미와 미감의 본원적 결부)를 알려주기도 한다.

그런데 무지개라는 것은 참 여러 가지로 신기하다. 무엇보다도 그것은 빨주노초파남보 일곱 빛깔로 이루어져 있다. 그 일곱 빛깔은 각각 완전히 서로 다르며 각각 우열을 가릴 수 없게 독자적인 아름다움을 지니고 있다. 그 일곱이 모여 하나를 이루고 있는 것이다. 나는 그 사실 자체를 무지개가 전하는 하나의 철학이라고 인식한다. 만유는, 특히 인간은 저 무지개처럼 각각 서로 다르지만 제가끔의 아름다움을 지닌 소중한 존재들이며 그 모두가 모여 하나의 종합적인 아름다움을 연출 '할 수 있으며', '하고 있으며', '해야 한다'는 것이다. (말하자면 이런 '동등의 철학', '공존의 철학', '인정의 철학', '존중의 철학', '조화의 철학', '융화의 철학'이 저 신라사문 원효가 외친 '십문화쟁(十門和諍)'의 근본정신이기도 했다.) 나는 이런 것을 좋은 세상을 위한 근본조건의 하나로 간주한다. 이런 철학은 인간들이 서로 반목하며 대결하고 다투는 저 걱정스럽고 가슴 아픈 현실을 생각할 때 더욱 그 가치가 와 닿는다. 그런 생각으로 이런 시를 쓴 적이 있다.

무지개 또는 십문화쟁론소

칼을 접어라
총을 내려라
비바람 속에서 녹슬게 하라
녹슨 총칼은 아름답다

잡으면 지척
밀치면 천리
그것이 사람과 사람의 거리일진대

어이하여 우리는 눈을 뜨고도
눈앞의 눈들
반짝이는 남들의 눈을 보지 않는가

빨-주-노-초-파-남-보
다 다르지만
빨강에서 초록 지나 보라에까지
저마다 아롱진 아름다움들

꽃답지 않은가

그 꽃손들
서로 잡고 어우러져 하나가 되면
하나로서 고운 존재
무지개로
뜨련만

이 시와 함께 나는 사람들에게 '무지개는 왜 뜨는가?'라는 화두를 던지고 싶다. (참고로 '하늘은 왜 넓은가?' '바다는 왜 깊은가?'라는 화두를 시의 형태로 던지기도 했다.) 우리가 일상의 속된 욕심들을 잠시 접고서 순수한 마음으로 저 무지개의 소리에 귀 기울여보면 무지개는 우리들의 고단한 귀를 향해 이런 말들을 들려준다. 아름다우라고, 깨끗하라고, 원만하라고, 위를 쳐다보라고, 희망을 가지라고, 각자의 아름다움을 간직하라고, 자기와는 다른 아름다움도 있는 거라고, 그런 것을 똑같이 인정하라고, 다투지 말고 나란히 함께하라고, 그렇게 어우러져 하나가 되라고.

내가 지겹도록 거듭해 언급한 대로 우리들의 현실은 과연 어떠한가? 우리는 타자의 다른 빛깔을, 그 가치를 거의 돌아보지 않는다. 오직 나만이, 그리고 편협한 의미의 작은 '우리'만이 삶의 중심을 차지한다. 그 나나 우리가 아니면 모두가 다 남이고 적인 것이다. 그 살벌한 기운이 우리 사회에 가득 차 있다. 그렇게 우리는 동서로, 남북으로, 상하로, 좌우로, 갈가리 찢어져 있다. 그런 모습을 어느 누가 아름답다 할 것인가. 그런 모습을 어느 누가 우러러볼 것인가.

그런 모습을 돌아보며 제발 좀 반성하라고 오늘 그토록 아름답고 커다란 무지개가 서울 하늘에 뜬 것인지도 모르겠다. 저것이 다음에 또 뜰 때는 조금이라도 덜 민망한 서울 하늘이었으면 좋겠다.

태양의 철학

　보스턴에 살 때는 집이 서향이라 거실에서 해넘이를 볼 수 있었다. 서울로 돌아와 이사를 했는데 이번엔 일부 동향이라 침실에서 해돋이를 볼 수가 있다. 오늘도 창밖 저만치서 해가 뜬다. 겨울 햇살이 방 안 한가득 쏟아져 들어온다. 눈이 부시다. 저무는 저녁노을에는 어떤 장엄함이 있었는데 피어나는 아침노을에는 저런 찬란함이 있다. 나는 감동한다.

　눈부신 그 아침 햇살을 마주하며 문득 니체의 차라투스트라가 생각난다. 10년간 동굴에서 기거하던 그는 마침내 하산을 하며 찬란한 태양을 향해 그의 첫 말문을 연다. "그대 위대한 별이여(Du grosses Gestirn)!" 그 말을 시작으로 니체는 기나긴 그의 철학을 일필휘지하듯 뱉어냈었다. 유명할 대로 유명해진 그의 모든 철학에 다 동조하는 것은 아니지만 적어도 '그대 위대한 별'이라는 이 첫마디에 대해서는 나도 백 퍼센트 지지를 아끼지 않는다.

태양이 위대하다는 점에 대해서 시비를 걸 사람은 아마 없을 것이다. 무엇보다도 그것은 '크다'. 그것은 우리의 이른바 태양계를 대표하는 별이다. 며칠 전에 누가 페이스북에 사진을 하나 올렸는데 태양계의 별들을 모형으로 만들어 나란히 줄을 세워놓은 것이었다. 태양의 크기와 우리가 사는 지구라는 별의 왜소함이 한눈에 들어왔다. 이 지구에 비하면 태양은 어마어마한 크기였다. 나의 개인적 취향인지는 모르겠으나 나는 큰 것을 좋아한다. 그래서 닥치는 대로 큰 것이 많은 중국에 끌리기도 한다. (물론 사람의 경우는 좀 다르기는 하다. 커도 작은 사람이 있는가 하면, 작지만 큰 사람도 얼마든지 있다. '작은 거인'이라는 말도 그래서 있는 것이다. 나도 그런 것은 잘 알고 있다. 키나 덩치의 크기가 반드시 사람의 크기와 비례하지는 않는다. 중요한 것은 그 그릇의 크기, 인품의 크기, 혹은 능력의 크기인 것이다. 그러나 태양의 크기는 그 자체로 분명 하나의 덕이다. 왜냐하면 작은 태양은 이미 우리가 아는 그런 태양일 수가 없는 거니까.)

하지만 크다는 게 다일까? 크다고 위대한 걸까? 아니다. 태양은 또한 밝은 존재다. 저것은 빛의 근원인 것이다. 아니 빛 그 자체인 것이다. 우리의 이 우주에서 태양을 지워버린다면 곧바로 암흑세계가 되어버린다. (스스로 해 뜨는 나라(日の本, 日出る国)임을 자처하는 저 일본의 신화에 보면 아마테라스 오미카미(天照大神)라는 여신과 그 동생인 스사노오(노) 미코토(素戔嗚尊)라는 남신이 등장하는데 난폭한 스사노오가 난동을 부려 누나인 아마테라스가 동굴 속에 숨어버리는 사건이 발생한다. 바로 이 아마테라스가 태양신이다. 그러자 온 세

상이 암흑천지로 변해버렸다. 놀란 다른 신들이 이 사태를 해결하고자 모여 회의를 했고 축제를 벌여 호기심을 자극해 아마테라스를 다시 동굴 밖으로 나오게 했다. 세상은 다시 밝아졌다. … 이 이야기도 태양이 곧 빛의 근원이자 빛 그 자체라는 것을 잘 보여준다. 그 부재가 곧 어둠이니까.)

태양의 미덕인 이 '빛'과 '밝음'은 만유를 비로소 그런 것으로 드러내준다. 태양의 덕분으로 만유는 비로소 환한 빛 속에 드러나는 것이다. 보이게 되는 것이다. 그래서 철학자 플라톤은 이른바 '태양의 비유'라는 것으로 최고 존재인 '좋음의 이데아'를 그것에 빗대기도 했고, 또 그래서 철학자 하이데거는 시인 헤벨의 말을 인용하면서 태양을 스스로 환하게 드러난 진리 그 자체, 존재 그 자체의 상징으로 설명하기도 했던 것이다. 그리고 진리의 성을 향하는 젊은 파르메니데스가 태양신의 딸들이 모는 마차를 타고 달리는 것도 태양빛의 그런 성격(밝음, 밝힘)과 무관할 수 없다. 그렇다. 태양은 그렇게 그 자체로, 모든 빛나는 것, 밝은 것, 혹은 밝히는 것의 상징인 것이다. 그래서 저것은 언제나 저 높은 곳, 저 환한 곳에서 만유를 밝히며 '밝으라'고, '빛나야 한다'고 우리 몽매한 어둠의 인간들을 일깨우는 것이다.

그런데 생각해보면 태양의 위대함은 이것으로 다인 것도 또 아니다. 저 태양은 부지런히 뜨고 비추고 지고, 또 뜨고 비추고 지고, 또 뜨고 지고, 또 뜨고 지고…, 그렇게 매일매일, 하루도 거르지 않고 일 년, 십 년, 백 년, 천 년, 만 년, 수십억(혹은 백 수십억?) 년을 운행해왔다. 물론 지금의 우리는 초등학생만 돼도 저 태양이 뜨고 지는 게 아니라는 걸 잘 알고 있다. 아침에서 저녁을 향한 저 움직임이 아폴론의 수레가 달리는 게 아니라는 걸 잘 알고 있다. 그 대신에 우리 지구가 돌고 있다는 것도 잘 알고 있다. 하지만 그렇다고 우리 눈에 비치는 현상이 달라지는 건 아닌 것이다. 우리에게 비치는 태양은 여전히 뜨고 그리고 진다. 그 변함없는 부지런함에서 우리는 어떤 위대한 우주적인 의지를 배울 수 있다. 태양은 그 움직임으로써 우리에게 항상 새롭게 일어나라고 격려하는 것이다. 그것은 몸으로 보여주는 4전5기, 7전8기, 아니 억전억기다. 그것을 솔선수범하고 있는 것이다. 그런 모습을 보며 나는 예전에 이런 시를 쓰기도 했다.

꽃다운 억전억기

밤이 아무리 낮을 지워도
기필코 다시 밝아오는 저 금빛
아침을 보렴

겨울이 온 천하를 꽁꽁 얼려도
기어이 다시 피어나는 저 꽃빛
봄날을 보렴

그 세월, 무려 수십억 년!

어두워도 추워도 인생길

기죽지 말자

아침을 믿고, 봄날을 믿자

내친김에 꼭 짚어봐야 할 것이 또 있다. 태양의 빛, 즉 햇빛은 또한 동시에 햇볕이 되어 때로는 뜨겁게 때로는 따스하게 만유에게 다가온다. 뜨거운 볕은 곡식과 과일들을 영글게 하고 따스한 볕은 추위를 녹여준다. 나는 그 빛과 따스함을 시혜와 격려와 위로의 언어로 받아들였다.

빛의 따스한 음성

나는 멀리서 왔다, 저 높은 곳

어둠의 문을 열고 구름의 숲을 가로질러

마침내 왔다, 너의 얼굴로

이제 웃어라, 눈물을 닦아라

나의 밝은 비춤은

숭고한 선(善)의 지엄한 명이니

천지간의 온갖 삼라만상

반짝거려라, 누구 하나 빠지지 말고

서로가 서로에게

빛나는 얼굴들을 보여주어라

나는 빛이다

멀리서 너를 찾아 온

너의 깊은 상처에 입 맞추면서

그 상처 위에 꽃 피우러 온

너의 빛이다

이런 식의 시적 해석이 그저 황당한 넋두리만은 아니라는 것을, 추운 겨울날 양지바른 곳에서 따스한 햇살을 즐겨본 적이 있는 사람은 아마 동의해줄 것이다. 무릇 따스함이란 그런 것이다. 그것은 그냥 '줌'이요 '베풂'인 것이다. 태양은 알 수 없는 저 수십억 년 전의 첫 점화 때부터 지금 오늘에 이르기까지 아무런 대가도 바라지 않고 무한정으로 그 빛과 볕을 베풀어왔다. 이건 그대로 하나의 철학이라 해도 과언이 아니다. 행위의 철학, 실천적 도덕인 것이다.

생각해보라. 태양이 우리 지구에게 조금만 가까이 접근해 와도 지구상의 만유는 불타 죽는다. 반대로 조금만 멀리 뒷걸음쳐도 그 순간 우리는 얼어 죽는다. 그런데 어디 그런가. 저것은 수십억 년 한결같이 저곳을 지키며 기막히게 절묘한 거리를 유지해오지 않았는가. 저런 배려, 저런 사랑. 저런 것이 철학이 아니면 무엇이란 말인가.

자, 어떠한가. 이런 태양을 보고 "그대 위대한 별이여"라고 말하는 것에 그 누가 시비를 걸 수가 있겠는가. 그리고 보니 오늘이 일요일, '해의 날'이다. 해는 이렇게 우리에게 휴식도 베푼다. (하기야 자신도 매일 밤 서산 너머서 쉬고 있으니 누구보다도 그 가치를 잘 알 테지.) 여하튼 이래저래 고마운 노릇이 아닐 수 없다.

어둠의 철학

우연히 이장호 감독의 〈어둠의 자식들〉을 보게 되었다. 1981년 작이라는데 그때 나는 도쿄에 유학 중이라 극장에서는 볼 기회를 갖지 못했다. 그 '어두웠던' 시대를 함께 반추해보며 나름의 감상에 젖어들었다.

그런데 감독님이나 또 원작을 쓰신 황석영 작가님께는 좀 죄송하지만 내게는 그 제목에 있는 '어둠'이라는 단어 하나가 좀 마음에 걸렸다. 물론 어떤 시비나 트집 같은 것은 절대 아니다. 왠지 그것이 쭈뼛거리며 내 관심의 한 자락을 잡아당기는 느낌? 그런 것이다. "왜 사람들은 어둠을 이렇게 어둡게만 보는 건가요?" "내가 뭐 그렇게 나쁜 건가요?" 그런 어둠 자신의 항변이 들리는 것 같았다. 하기야 우리가 쓰는 암흑가나 암흑시대 등등의 말에서 어떤 긍정적인 이미지는 찾을 수 없다. 하지만 잠시 내게 들렸던 그 어둠의 항변에도 나름의 이유는 있지 않을까. 그래, 어둠은 우리의 선입견과는 달리 '뭔가 좋은 것'이 될 수도 있는 것이다.

내 기억 속에는 지금도 그 어둠이라는 것이 내게 주었던 어떤 포근한 느낌 같은 것이 간직돼 있다. 그것은 저 어린 시절, 동트기 전의 어둠 속에서 잠시 눈이 떠졌을 때, 아버지와 어머니의 낮고 고른 숨소리와 함께 감지됐던 것이다. 그런 느낌을 나는 그 후에도 자주자주 만나곤 했다. 그 덕분에 이런 시도 내게서 나오게 됐다. 내가 가장 좋아하는 자작시 중 하나다.

어둠 속에서

불현듯 들려온다. 나직이 어둠 속에서…

내 일찍이
창셋적부터 수고했거늘
사람들은 도통 모르나 보다

달을 위해서
별을 위해서
그들의 아름다운 빛을 위해서 하늘 가득히
비로드 검은 날개 부지런히 펴고 접기를 몇 십억 세월

모르겠는가

잠을 위해서 또는 꿈을 위해서 실은 삶을 위해서
역사의 처음부터 이 순간까지
수십 수백억 연인들의 고운 사랑을 위해서
포옹을 위해서 키스를 위해서 숭고한 잠자리를 위해서

내 고요히
불평 한번 없이 수고했거늘
오호라
내 곤한 발가락 사이
쥐들과 쥐 같은 것들만이 희희낙락 분주하구나

상이나 찬가까지야 바라겠는가. 하지만
착한 아이야
무서워는 마라
무서운 것은 내가 아니란다. 나는 '죄'가 없나니
나는 온 우주를 포근히 감싸안는 따스한 엄마의 품이란다
예나 지금이나
언제나

꿈결처럼 나직이 말한다
속삭이듯
어둠 속에서 어둠이
어느 점잖은 어둠이 어둠 속의 나에게

워낙 좋아했기에 나는 이것을 영어로도 옮겼다.

In the Darkness

Suddenly I hear. A soft voice in the darkness···

Nobody seems to know me, who has been busy
from the beginning of the Time.

For the moon
For the stars
For their beautiful lights
The full sky
Many billion years
I have been busy with spreading and folding my black velvet wings.

For the sleeps, for the dreams, for the lives
For the lovely loves of many billion lovers
For their embraces, for their kisses, for their lofty nights
From the beginning of history till this moment
I have been busy, but nobody seems to know that···.

Alas!

only mice and guys like mice are busy

among my weary toes

besides my labors, which have been done without any grievance.

Any prizes or hymns I do not expect, but please

Do not be afraid of me, you my good child

It is not me, who is to be scared. I am not guilty

I have a motherly warm breast which embraces the whole universe

So I was and so I am. So always.

A voice says like a dream

in a low tune, in whispers

A gentle Darkness

which says to me, who is in the darkness.

시라고는 하지만 여기엔 별 과장도 수식도 없다. 나는 그냥 그렇게 어둠으로부터 그런 소리를 들은 것이다. 그 어떤 철학자도 이런 어둠의 가치를 주목한 적 없지만, (저 중세의 철학은 어둠이 빛의 결핍이듯이 악은 선의 결핍일 뿐이라고 언뜻 어둠을 거론했지만, 이런 어둠 자체의 덕은 보지 못했다) 하지만 지금의 나는 이런 '어둠의 덕'을, '어둠의 철학'을 주목해본다. 어둠은 그 자체로서는 아무런 죄도 아니고 악도 아니다. 어둠 속에서 벌어지는 온갖 죄악은 그저 거기에 숨은 시커먼 인간들이 저지른 죄악일 뿐이다. 어둠은 오히려 저 시가 말하듯 온갖 선행들을 실천해왔다. 어둠은 달과 별이 빛날 수 있도록 기꺼이 뒤로 물러나 그 배경이 되어준다. 어둠은 그렇게 빛들을 비로소 빛나게 한다. 어둠은 빛을 부각시킨다. (역설적 표현이 허용된다면 어둠도 일종의 빛인 것이다.)

그리고 어둠은 또한 온갖 달콤함의 배경이 되어준다. 잠과 꿈과 생명과 사랑, 포옹과 키스와 숭고한 잠자리도 모두 다 어둠의 신세를 톡톡히 진다. 어둠의 도움 없이는 이 모든 아름다움들이 그 특유의 달콤함을 얻을 수가 없는 것이다.

나는 사람들이 각자 자신의 빛을 발하며 각자의 주변을 밝혀주는 그런 존재가 되기를 바라고 있다. 하지만 그런 빛과 같은 존재는 참 많지 않은 편이다. 그래서 나는 사람들이 저 어둠 같은 존재만 되어줘도 좋을 것 같다. 당장 오늘 밤, 이불 속에서 저 어둠의 부드러운 품, 혹은 감미로운 자장가를 한번 느껴보기 바란다.

저 기나긴 세월, 밤마다 수고했던 어둠에게 삼가 경의와 감사를 표하고 싶다.

오로라의 철학

만일 내게 약간의 행운이 따라준다면, 나는 더 늙기 전에 꼭 한 가지 해보고 싶은 일이 있다. 그것은 … 저 스칸디나비아의 어딘가로 가서 '오로라'라고 하는 것을 꼭 한번 보고야 말겠다는 것이다. 이왕이면 새하얀 눈밭, 푸르른 침엽수의 숲가에서.

'쳇, 돈도 안 되는…' 하고 누군가는 콧방귀를 뀔지도 모르겠다. 하지만, 나에게는 그것이 하나의 큰 '염원'이다. (그것은 한평생 고생한 내 눈에 대한 작지 않은 위로 혹은 선물이 될 수도 있을 것이다.) 물론 사진이나 이른바 '동영상'으로 그것을 본 적이 없는 것은 아니다. 그러나 '현장'에서 '육안'으로 보면서 그 '분위기'를 느낀다는 것은 영상과는 근본적으로 그 차원을 달리한다. 영상의 느낌과 현장의 느낌이 같지 않다는 것을 나는 '바다 한가운데'나 '구름 속'이나 '뉴욕의 맨해튼 한복판' 같은 데서 실감했었다. 바로 그 현장에서 나는 '신비'라는 그 무엇을 직접 '체험'해보고 싶은 것이다. 신비…. 그렇다. 신비라는 것이다.

아주 예전에(1981년이었나?) 나는 일본 이즈(伊豆)반도의 한 계곡에서 밤을 지새우며 하늘 가득 촘촘히 박혀 마치 쏟아질 것 같은 엄청난 별들의 바다를 온몸으로 체험한 적이 있었다. 그것은 정말 신비였다. 인간의 모든 빛들이 잠든 곳에서 비로소 온전히 드러난 그 자연의 빛들. 그리고 그 아득한 공간…. "내 위의 저 별하늘(der bestirnte Himmel über mir)" 운운한 칸트도 필시 그것을 보았으리라. 그런 '장엄함'은 베토벤의 교향곡 9번(합창)보다도 훨씬 더 거대한 스케일로 나를 통째로 '장악'해버렸다. 오로라는 나에게 그와 유사한 그 무엇으로 아직도 남아 있는 것이다.

오로라는 일상에 찌들어 모든 감동을 상실해버린 우리 인간들에게 건네는 우주의 언어, 우주의 예술, 혹은 천국의 창가에 드리워진 커튼, 혹은 살짝 스쳐가는 신의 옷자락인지도 모르겠다. 설혹 아니라고, 누군가가 나서서 오로라는 절대 그런 것이 아니라고, 그것은 그저 태양풍에 실려온 대전 입자와 지구 대기의 공기 분자가 충돌해 발생하는 광학 현상일 뿐이라고, 그렇게 친절히 설명해주더라도, 그 신비가 우리들 눈에 신비 아닌 것으로 비치지는 않는다. 나는 철학의 이름으로 반론할 것이다. 태양과 지구의 존재 그 자체가 이미 신비고 전자와 분자도 또한 신비고 태양과 지구의 협연이 비로소 연출하는 저 오로라 빛은 더욱더 신비라고. 그 사실에는 전혀 변함이 없다고. 보고서도 그것을 느끼지 못한다면 그것은 이미 사람의 눈이 아니라고. 그런 눈은 가슴과의 연결이 끊어진 고장난 눈이라고.

오늘날 우리 시대의 인간들에게는 '신비'라는 것이 거의 사라지고 말았다. 수필가 L씨가 말했듯이 '어른의 세계'와 '이성의 세계'도 이미 그 신비를 상실해버린 지 오래되었고, 권력에서도 그리고 심지어는 종교의 세계에서도 우러러볼 만한 '아우라'는 지워지고 없다. 오늘날의 인간들은 이런 큰 상실을 상실인 줄도 모르며 그 불쌍한 피상성의 인생을 인간의 위대함인 양, 큰 발전인 양 착각하면서 자랑하고 있다.

내가 한평생 직업으로서 종사해온 철학조차도, 애당초는 존재, 자연 내지 세계의 신비에서 그리고 경탄에서 비롯된 것이었건만, 언젠가부터 그것은 한갓된 '지식'의 화석으로 굳어졌다. 지금은 그마저도 아니고 하나의 '정보'로 전락했지만. 정보와 지식으로서의 철학에는 저 신비에 대한 경탄이 결여돼 있다. 그런 철학은 비록 머리의 일부에는 닿을지라도 가슴속 깊은 곳에는 결코 닿을 수 없다.

우리는 어떤 형태로든 그 '신비'를 신비로서 회복할 필요가 있다. 나에게는 '오로라'라는 것이 그 마지막 보루처럼 여겨진다. 오로라가 춤을 추는 그곳에서는 어쩌면 '이곳'이, 우리가 살고 있는 이 '세계'라는 곳이, 그리고 이 세계 속의 만유가, 새로운 감각으로 우리에게 다가올 수도 있을 것이다. 거기서라면 '신비'라고 하는 저 가브리엘 마르셀의 철학적 개념도 고스란히 그 의미가 읽혀오지 않을까 기대된다. 거기에서 나는 그 오로라의 알 수 없는 창조자에게 탄복하면서, 한 조각의 진실된 경배와 기도를 올리고 싶다.[4]

---

[4] 이 글은 졸저 『진리 갤러리』에 게재된 것을 일부 수정 가필해 전재한 것이다. 주제 전개상 이 책에 포함시키는 것이 좋겠다고 판단했다.

달빛의 철학

새로 이사 온 집은 침실이 동향이라 침대에 누운 채로 월출을 볼 수가 있다. 보름 전후가 되면 휘영청 달밤의 월광이 교교하기가 이를 데 없다. 이럴 때 베토벤의 「월광 소나타(Mondscheinsonate)」라도 틀어놓으면 나의 침실은 잠시 천국이 된다.

어떤 날은 시심이 발동하여 저 달과 대화를 나누기도 한다. 그러고 보니 언젠가 저 달을 보면서 이런 시를 쓴 적도 있다.

달빛이 전하기를

저는
달나라에 사는 한 선녀이온데
조상 대대로 우리

밤이면 밤마다 하늘 날으며

저 고운 지구

사르르 은빛가루 뿌리며 단장하는 낙으로 살았사온데

반짝반짝

되비치는 해맑은 눈빛들 이곳 달까지 닿아

보람이랄까 의미랄까

긴 세월 우리 모두의 행복이었사온데…

무슨 변고인지 요즈음

휘황한 도시의 술 취한 네온에 가려 맑은 눈빛들

점점 소식이 뜸해 걱정이더니

흉흉한 소문 떠돌기를

탐욕이라는 무서운 짐승이 지구에 있어

닥치는 대로 맑은 영혼들 잡아먹고서 번식을 하여

이제는 숲도 먹어치우고

산도 갉아서 삼켜버리고

이산화탄손지 프레온가슨지 하는 지독한 독기

마구 내뿜어

더 이상 거기서는 살 수 없게 된 지구 사람들

필경은 이곳 달나라로 쳐들어오고야 말 거라는데…

바라옵건대

그곳 지구에 의인들 아직 남아 있거든

부디 그 탐욕이란 짐승

한 마리 남김없이 포획하시어

우리 달빛과 지구의 눈빛

세세토록 서로 오가며 우주의 고요한 밤

아름답게 하소서

기대하오며

이곳 달에서 그곳 지구로

오늘도 변함없이 고운 빛

보내나이다

이 시를 쓰던 날 저 달빛은 나에게 그 부드럽고 나지막한 음성으로 사라져가는 지구의 맑은 눈빛들에 대한 아쉬움, 그리고 탐욕스러운 영혼들에 의해 마구잡이로 훼손돼가는 지구에 대한 걱정을 들려줬었다. 달의 해맑은 빛은 그 자체로 '혼탁'과 '어둠'을 염려하는 하나의 철학이었다. 달은 우리에게 '맑아야 한다', '밝아야 한다'고 가르친다.

물론 저것이 셀레네나 아르테미스, 혹은 디아나 같은 여신이 아니라는 것쯤은 이제 삼척동자도 다 안다. 그리스인들과 로마인들도 이젠 저것이 물도 없고 산소도 없고 중력도 별로 없는 흙덩어리, 돌덩어리 위성이라는 것을 너무나 잘 알고 있다. 달 표면의 얼룩을 보고 옥토끼가 방아를 찧는다고 하면 초등학생들도 웃을 일이다. 어떤 아이는 닐 암스트롱과 그의 발자국이 찍힌 사진을 들이밀지도 모를 일이다. 하지만 그렇다고, "달도 차면 기운다"는 식의 교훈이나 월궁항아를 노래한 이백의 주옥같은 시들이 무효가 되는 것은 절대 아니다.

달은 저 밤하늘에 떠 있는 한 그 의미도 날마다 새롭게 변주된다. 이를테면 보름달은 원만함 내지 원융함을, 초승달은 이제부터 차오를 희망을, 그믐달은 소멸의 진리나 비우기의 미덕 같은 것을 말해준다. 혹 좀 더 사려 깊은 이들은 달 그 자체의 모양새에서 변화와 불변의 진리를 읽어내기도 한다. 또 시인 이정록 같은 이는 "달은 윙크 한 번 하는 데 한 달이나 걸린다"는 말로 「더딘 사랑」을 읽어내기도 한다. 깨어 있는 인간의 의식은 날마다 새롭게 달의 소리에 귀 기울이면서 그런 새로운 의미들을 읽어낸다.

독일의 시인 헤벨이나 철학자 하이데거 같은 이도 그런 부류에 속한다. 그들은 시인이나 철학자의 의미를 저 달빛으로부터 읽어냈다.[5] 그들은 말한다. 달빛은 모두가 잠든 깜깜한 밤에 야경꾼처럼 홀로 깨어 있어 그 어둠을 몰아내는 밝은 빛을 비추어준다고. 물론 그 빛은 달이 직접 발한 것이 아니라 태양의 빛을 되비추어주는 반사광이다. 그러기에 오히려 더 은은한 것이다. 하이데거는 그 '태양빛'을 진리 내지 존재 그 자체의 실상으로, '지구의 어두운 밤'을 존재의 망각 내지 비진리로, 그리고 저 '달빛'을 존재를 미리 인식한 선구적 시인의 언어로 각각 해석해준다. 달빛은 어둠에 묻힌 사람들의 잠을 깨워 함께 저 '빛'을 바라보자는 권유 그 자체를 상징하는 것이다. "깨어나세요. 언제까지 그렇게 눈을 감고 있을 건가요? 이제 눈을 들어 저 빛을 한번 바라보세요. 찬란하게 빛나는 저 진리의 빛을!" 달빛은 우리 인

---

5) M. Heidegger, *Hebel − der Hausfreund*, Neske 참조.

간들에게 그런 말을 하고 있는 것이다.

하이데거가 계기가 되긴 했지만 나도 달에게서 그런 소리를 들었다. 그리고 그 빛의 한 조각을 바라보았다. 존재의 빛은 찬란한 진리였고 더할 수 없는 신비였다. 이 존재의 세계가 이와 같이 존재하고 있다는 것! 그 세계에 시간과 공간이 있고 일월성신을 비롯한 무수한 사물들이 있고 그 사물들이 각자 신비롭기 짝이 없는 고유한 질서에 따라 움직이고 있다는 것! 그 가운데 우리 인간이 있고 희로애락과 생로병사를 겪으며 인생을 살고 있다는 것! 그 모든 것이 다 놀라운 신비였다. "저걸 보세요. 보라니까요. 저기 저렇게 진리가 있다니까요"라고 달빛은 우리에게 속삭이고 있는 것이다. 달빛 속에는 그런 철학이 있는 것이다.[6]

나는 어쩌면 그런 달빛에 '감염된' 한 사람의 시인으로서, 한 사람의 철학자로서, 어둠을 밝히는 그런 달빛의 숭고한 철학을 찬양하지 않을 수 없다. 그래서 나도 그 옛날 백제의 한 가인처럼 이렇게 노래 한 자락을 읊조리고 싶다.

"달하 노피곰 도다샤 어긔야 머리곰 비취오시라. 어긔야 어강됴리 아으 다롱디리."[7]

6) 이것이 또한 '존재론적 현상학'의 근본취지이기도 했다.
7) 「정읍사」의 일부.

별의 철학

오랜 세월 대학에서 철학을 가르치면서 내가 터득한 한 가지 방법론이 있다. 이름하여 '결여 가정'이라고 한다. 어떤 철학적 주제의 중요성을 강조하기 위해, '만일 ○○지 않다면', '만일 ○○이 없다면' 하고 그 결여를 가정해보는 것이다. 그러면 그 존재가 역으로 부각되어 가슴에 다가온다. 단순하지만 꽤 효과가 있다. 권하고 싶은 사유 도구다.

(철학사의 첫 페이지에 등장하는 저 탈레스의 물, 아낙시메네스의 공기, 피타고라스의 수, 헤라클레이토스의 불 등등의 의의 내지 가치를 설명할 때도 이것은 유효하다. 이를테면, 만일 물이 없다면, 우리는 곧바로 목말라 죽게 된다. 아니 우리의 몸 자체가 곧바로 찌부러든다. 만일 공기가 없다면, 우리는 곧바로 질식해 죽게 된다. 만일 수가 없다면, 그 순간 지상의 모든 돈들이 사라진다. 모든 과학도 모든 의

학도 모든 기술도 모든 산업도 다 무너진다. 만일 불이 없다면, 우리는 곧바로 얼어 죽는다. 모든 맛있는 요리들도 자취를 감춘다. … 이런 것만 봐도 이 개념들이 얼마나 엄청난 것인지가 곧바로 드러난다. 그런 식이다. 이런 결여 가정을 만일 물이 없는 사하라 사막에서, 공기가 없는 에베레스트 산정에서, 숫자로 돌아가는 은행, 연구소, 병원, 공장에서, 그리고 불이 없는 남극이나 주방에서 시행한다면 더욱 그 효과가 클 것이다.)

그 결여 가정을 '별'이라는 것에 한번 적용해보려 한다. 왜? 나는 이 별이라는 것이 다시금 저 하늘에 그리고 사람들의 가슴속에 반짝거리는 모습을 보고 싶기 때문이다. 안타깝게도 별들은 지금 저 하늘에서도 가슴에서도 슬그머니 그 자취를 감추고 말았다.

모두들 이 즐거운 철학 놀이에 한번 동참해보시면 좋겠다.

'만일 별이 없다면…'

무엇보다도 우선, 밤하늘의 아름다움은 사라진다.

첨성대도 천문대도 그 의미를 상실한다.

그뿐만이 아니다. 이런 것도 있다.

저 윤동주도 더 이상 윤동주일 수가 없게 된다. 왜냐하면 그의 「별 헤는 밤」도 그냥 별 없는 밤이고, "오늘 밤에도 별이 바람에 스치운다"는 그 「서시」의 밤도 그냥 별 없이 바람만 부는 썰렁한 밤이 되고 만다. 그런 밤에는 윤동주의 눈빛이 반짝일 수 없다.

칸트의 묘비명도 사라진다. 그의 묘비명에는 『실천이성비판』의 저 명구가 새겨져 있다. "내가 그것에 대해 자주 그리고 오래 생각할수록 점점 더 새로워지고 커지는 놀라움과 두려움으로 내 가슴을 채우는 것이 두 가지 있다. 그것은 바로 내 위에 있는 저 별하늘, 그리고 내 안에 있는 도덕률." 그러니 여기서 별이 빠지면, 칸트의 놀라움과 두려움도 반감될 것이고 따라서 그의 가슴을 가득 채울 수가 없는 것이다.

헤르만 헤세의 시집에서도 「나는 별이다」라는 시는 빠져야 한다. 별이 아예 없는데 헤세가 어떻게 별이 될 수가 있겠는가.

별의 시인인 이성선도 애당초 성립 불가능이다. 저 아름다운 「별을 보며」도 「사랑하는 별 하나」도 「고향의 천정」도 다 원천무효다.

어디 그것뿐인가. 누구보다도 '별에서 온 그대'인 도민준과 그의 연인 천송이가 사라질 것이고 김수현과 전지현도 명성을 잃고 중국의 저 무수한 팬들도 통탄할 것이다.

그렇다. 미국의 저 나사(NASA)도 문을 닫아야 한다. 탐사할 별이 없는데 우주선이 무슨 소용이란 말인가. 그리고 〈스타워즈〉도 〈E.T.〉도 그 아카데미상을 도로 반납해야 한다. 아, 그리고 무엇보다도 미국, 중국, 베트남, 터키 등등은 당장 그 국기를 새로 만들어야 한다. 별이 없는 성조기는 애당초 성조기일 수가 없고 오성홍기도 그냥 홍기일 뿐이다.

또 뭐가 있을까? 그래, 세상의 아이들은 더 이상 「반짝 반짝 작은 별」을 노래할 수 없다. 그리고 저 1970년대의 우리 청춘들은 그 소중한 추억의 앨범에서 돈 맥클린(Don McLean)의 노래 「빈센트(Vincent: Starry Starry Night)」를 눈물을 머금고 지워야 한다. 그리고 내가 너무나 좋아하는 저 고흐의 「별이 빛나는 밤」도 뉴욕현대미술관에서 사라지게 된다. 이건 정말로 전 인류사적인 대참사가 된다.

참, 그리고 무엇보다도 저 성경 속의 동방박사들이 큰일이겠다. 아기 예수를 만나러 갈 안내자가 없어지는 거니까.

또, 덕으로 정치를 해야 한다고 강조하던 공자도 좀 당황하겠다. 덕정은, "비유하자면 북극성과 같다. 그 자리에 가만 있지만 뭇별들이 함께한다(爲政以德 譬如北辰 居其所而 衆星共之)"고 더 이상 말할 수가 없게 될 테니까.

한도 끝도 없으니 우선 이 정도로 해두자. 이것만으로도 별이 없으면 큰일이라는 것은 분명해 보인다. 물론 말도 안 되는 가정이라는 걸 누가 모르겠는가. 별은 없어질 턱이 없는 것이다. 저 별들은 수십억 수백억 년 전부터 존재했었고 그리고 수십억 수백억 광년 떨어진 저 멀리, 우주 구석구석까지 존재하고 있다고 과학자들은 알려준다. 별들은 있다. 수십억 수백억의 윤동주들이 매일 밤 평생토록 헤어도 다 헬 수 없을 만큼 저토록 많이! 저건 사실 놀라운 기적이 아닐 수 없다.

사람들은 뜻밖에 그걸 잘 모른다. 이 놀라운 존재의 세계, 이 거대한 우주공간을 가득 채우고 있는 가장 기본적인 존재자가, 그 기본단위가 바로 '별'이라는 것을! 우리가 알고 있는 저 해와 달 그리고 지구도 다 별이라는 것을!

그 놀라운 광경을 이제 우리 인간들은, 특히 도시인들은 거의 송두리째 잃고 말았다. 휘황찬란한 도시의 불빛에 가려 저 아름다운 별들이 다 지워지고 기껏해야 한두 개가 보일 둥 말 둥이다. 눈에서 사라진 별은 마음속에서도 멀어진다. 그래서 이제 사람들은 별 같은 것엔 별 관심도 없다.

그래서 그런지 사람들 가슴속의 별들도 사라져간다. 가슴속에 별을 품은 사람들이 드문 것이다. 현대인들에게는 하이데거의 저 유명한 말, "하나의 별을 향해 가는 것, 오직 그것뿐(Auf einen Stern zu gehen, nur dieses)"이라는 말도 어쩌면 좀 생뚱맞게 느껴질지 모르겠다. 그들은 그의 묘비에 새겨진 그 하나의 별이 무엇을 뜻하는지도 잘 모를 것이다. 존재가 왜 철학적 사유의 궁극목표인지, 그런 것도 잘 모를 것이다.

가슴속의 별은 우리가 지향해가야 할 하나의 지표요 목표다. 별은 그런 무언가의 상징인 것이다. 꼭 '존재'가 아니어도 좋다. 아름다운 그 무엇이면 되는 것이다. 숭고한 그 무엇이면 되는 것이다. 가치 있는 그 무엇이면 되는 것이다. 우리는 가슴속에 그런 별 하나씩을 품어야 한다. 그리고 그 별은 빛나야 한다. 그 빛으로 우리의 삶을 이끌어야 한다.

그러니 지금 그 빛을 가리고 있는 저 희뿌연 장막을 걷어내자. 그런 장막, 통속적인 관심의 구름이 너무 두터운 요즈음이다.

바람의 철학

딸과 함께 남해안 여행을 하던 길에 거제 해금강을 들르게 됐다. 거기 '바람의 언덕'이라 불리는 곳이 있었다. 아닌 게 아니라 선선한 바람이 언덕과 바다와 하늘을 배경으로 아름답게 불고 있었다. 감성이 풍부한 딸은 불어오는 바람을 마주하면서 아주 자연스럽게 두 팔을 벌리고 한순간 지그시 눈을 감았다. 그 모습에 어쩔 수 없는 아비의 미소가 피어났다. 그 장면은 이윽고 삭제 방지의 한 추억으로 내 기억 속에 소중히 저장되었다.

그 기억을 이따금씩 반추해본다. 그런데 그 언저리에는 유사한 장면들이 적지가 않다. 아직 젊었던 도쿄 유학 시절, 벚꽃이 만개한 어느 봄 사월, 지나던 바람 덕분에 온 가족이 환희 같은 꽃비에 휩싸이던 장면도 그중 하나다. 그리고 대학생 시절, 난생 처음 찾은 제주도 한라산, 그 산정에서 싱그러운 바람으로 땀을 식히던 장면도 그중 하나다. 그 바람은 그 후 지리산에서도 다시 만났고 중국의 황산과 필리핀의 피나투보에서도 다시 만났고, 그리고 백두산 천지에서도 다시 만났다. 그것은 동서남북 춘하추동 언제 어디를 가리지 않고 불고 있어서 때로는 대흥사의 붉은 단풍잎을 날리기도 했고, 때로는 선암사의 노란 은행잎을 날리기도 했다. 어찌 보면 그 바람들 덕분에 나는 이런 시도 쓸 수 있었다.

수채화: 가을 선암사

조계산 고찰
선암사 뒤켠
샛노란 은행나무숲은 선경이었네

산들바람에도 우수수 잎 지는 가을
햇살은 새소리와 한데 어울려
숲속의 산책을 즐기고 있고
구름을 따라
모퉁이 돌아
잎들이 살포시 내려앉는 곳
이끼를 짙게 입은 부도들 몇은
해탈로 가던 고승들의 먼 이야기를
말없는 말로 전하고 있네

사바를 넘은

아롱진 세월

낙엽처럼 또 한겹 쌓이고 있네

바람이 없으면 낙엽도 없고, 따라서 낙엽의 시도 낙엽의 철학도 당연히 없다. 저 유명한 구르몽의 「낙엽」도 바람 없이는 절대로 구를 수 없다. 어디 그것뿐인가. 윤동주의 「서시」도 "오늘 밤에도 별이 바람에 스치운다"가 없이는 완성될 수 없고, "주여, 때가 왔습니다. […] 들에다 많은 바람을 풀어놓으소서"라는 기원 없이는 릴케의 「가을날」도 제맛을 다 낼 수가 없다. 물론 에밀리 브론테의 『폭풍의 언덕』도, 마거릿 미첼의 『바람과 함께 사라지다』도 바람 없이는 애당초 불가능하다. 바람은 실로 온갖 다양한 장면들을 연출해준다. 그런 점에서 바람은 그 자체로 하나의 시적 언어, 철학적 언어인 것이다.

과장일까? 아니다. 나는 바람으로부터 이런 철학을 배운 적도 있다. 대학 2학년 무렵이었다. 중세철학 수업시간에 이른바 '신의 존재 증명'을 배웠던 날, 나는 묵직해진 머리를 식힐 겸 2층 복도의 창가에 서서 멍하니 창밖을 내다보고 있었다. 거기엔 커다란 느티나무가 있었고 그 잎이 때마침 불고 있던 바람에 가볍게 흔들리고 있었다. '바람이 불고 있구나…' 무심코 생각하던 그 순간, 번개처럼 이런 생각이 나의 뇌리를 스쳐갔다. 아, 지금 내가 바람의 존재를 인식하고 있구나. 그런데 저 바람은 도대체 어떻게 존재하는가. 저것은 본래 보이지도 않고 들리지도 않고 만질 수도 없는 것이 아닌가. 내게 보이는 저것은 흔들리는 나뭇잎이고 내게 들리는 저것도 나뭇잎의 소리지 바람 자체의 모습과 소리는 아니지 않은가. 그럼에도 불구하고! 나는 지금 저 바람의 존재를 보고 있고 듣고 있고 느끼고 있다! 그렇구나. 바람은 오직 다른 무언가를 통해서만 자신의 존재를 알리는구나. 이를테면 나부끼는 깃발, 살랑이는 치맛자락 혹은 긴 머리카락, 그런 것을 통해서 우리는 바람의 존재를 인지하는 것이다. 그렇다면, 신의 존재도 어쩌면 저런 것이 아닐까. 하기야 저 일체 존재의 오묘함을 본다면 저 모든 것이 신의 행적이 아니고 무엇이란 말인가. 신의 존재 없이는 저 세계현상의 신비를 어떻게 설명할 수가 있단 말인가. 그렇다. 신은 존재한다. 저 바람처럼. 신은 언제나 어디서나 자신의 존재를 알리고 있다. 저 모든 현상들을 통해서. 저 바람처럼.

그런 생각과 함께 내 가슴속에서는 약간의 전율이 느껴졌다. 생각해보니 저 위대한 토마스 아퀴나스의 신 존재 증명도 그 근본취지는 이와 다를 바가 없었다. 그리고 저 위대한 공자의 말, "天何言哉 四時行焉 百物生焉 天何言哉"라는 말도 결국은 사시와 만물의 운행과 생육에서 천(하늘)의 언어를 읽어낸 것이 아니었던가.

간접적 존재 고지. 바람이 내게 그런 철학을 가르쳐준 것이다. '보이지 않는다고 없는 것은 아니다', '위대한 것은 스스로 드러나지 않고 다른 것들을 통해 자신의 존재를 알린다'는 그런 철학. 바람의 그런 철학은 오늘도 세계 도처에서 불고 있다. 눈 있는 자들은 보라. 귀 있는 자들은 들으라. 그렇게 속삭이면서. 투명 망토를 휘날리면서.

바람의 철학(2)

대학 시절, 저 바람이 알려준 존재론은 참으로 인상적이었다. 그날의 여운은 몇 편의 시들을 내게 덤으로 선사해주기도 했다.

바람

창가에 서서
불현듯 처음인 듯
그를 본다
허공에 서식하는 바람이란 것

그는
연분홍 꽃보라 속에서

살짝
제 미소를 흩날린다

그는 신들의 전령
말이 없다

이따금씩 나뭇잎 흔들고 가며
다만
눈짓으로 알린다

숨어 있는 것들이
있다는 것을
보이지 않아도
들리지 않아도
세상 가득 있다는 것을

그의 시선이
사월의 오후 속에서 그윽하다

[…]

그는 누님의 손길처럼 부드럽다
꽃잎도

풀잎도

그를 반겨 몸을 흔든다

그는 화를 낼 줄도 안다

때로는 미풍이 폭풍도 되어

바다도 대지도

떨게 만든다

보면

사람보다 더

사람 같은 바람

나도 때로는

사월에서 구월로

시월에서 삼월로

대지와 창공 두루 살피며

거침없이

불고 싶은 대로 불고 다니는

한 자락

바람이고 싶다

바람보다 더 바람 같은

바람이고 싶다

젊은 나는 그때 바람이라는 것을 사유하면서 설익은 형태로나마

'숨어 있는 것들의 그윽한 존재', '간접적 자기 고지', '부지런한 수행과 고요한 휴식', '부드러운 어루만짐', '솔직한 감정 표출', '거침없는 자유', 그런 모습들을 읽어냈었다.

바람은 또한 미풍에서 강풍, 돌풍, 태풍에 이르기까지, 도레미파솔라시도, 바리톤에서 소프라노까지, 피아니시모에서 포르티시모까지, 라르고에서 프레스토까지, 그 성격의 진폭도 만만치 않다. 좀 극단적이지만 허리케인이나 토네이도 같은 바람은, 점잖은 사람도 화나면 무섭다는 것, 잦아들지 않는 바람은 없다는 것, 그런 것을 몸으로 연출해 보여주기도 했다. 아주 유명한 것은 아니지만 브룩 쉴즈가 나오는 〈푸른 산호초(The Blue Lagoon)〉라는 영화에서도 바람의 이런 연출이 인상적인 한 장면으로 그려져 있고, 또 '카구야히메(かぐや姫)'라는 설화를 바탕으로 한 일본 영화 〈타케토리 모노가타리(竹取物語)〉에서도 그 비슷한 장면을 만날 수 있다. 아, 그리고 무엇보다도 저 재난영화 〈인투 더 스톰(Into the Storm)〉은 바로 그런 것을 아예 정면에 내세운 작품이었다. 바람은 느닷없이 일어 성질을 부리다가는 또 거짓말처럼 잦아든다.

그 덕분인지, 바람은 또 내게 '동일자의 상대성' 혹은 '시의적절성'이라는 것도 가르쳐줬다. 같은 바람이라도 산들바람과 돌풍은 다른 것이다. 느낌도 다르고 작용도 전혀 다르다. 같은 바람이라도 겨울에 불면 칼바람이 되어 사람을 움츠리게 하지만, 여름날 산등성이에서 불면 산들바람이 되어 흐르는 땀을 기분 좋게 식혀준다. 봄에 불면 꽃나비 희롱하며 처녀총각을 설레게 하고, 가을에 불면 낙엽을 떨구며 중년의 가슴을 시인으로 만들어준다. '언제', '어디', '누구'에게 부

느가가 그토록 중요한 것이다. (때와 장소를 가려야 환영받을 수 있다. 사람의 말도 행위도.) 그렇게 바람은 젊은 나의 한 스승이었다.

저 바람, 저것은 그냥 지나가는 한때의 바람이 절대 아니다. 생각해 보면 저것은 아득한 태초부터 불고 있었다. 그래서 저것은 '풍백'이라는 이름으로 저 단군신화에도 등장했고, '아이올로스' 혹은 '아네모이'라는 이름으로 저 그리스신화에도 등장했던 것이다. 그것은 또 이솝우화에도 얼굴을 보이고 엠페도클레스가 말한 4원소 혹은 만물의 뿌리 중 하나로 철학에도 그 이름을 올려놓았다. 수천 수만 년의 시간을 거쳐 오늘도 바람은 불어온다. 참 신기하다. 도대체 어디서 저 바람은 오는 것일까? 문득 어느 노래의 한 토막이 떠오른다.

"어~디서 이 바람은 시작됐는지, 산 너머인지 바다 건넌지…"

그래, 그게 궁금한 것은 나만은 아닌 것 같다. 하지만 바람은 자신의 정체를 쉬 알리지는 않는다. 어쩌면 저것은 쉬 자신의 정체를 드러내지 않는 위대한 신의 비밀스러운 언어 그 자체인지도 모르겠다. 하이델베르크 시절 어느 장미정원에서 썼던 시를 마무리 삼아 적어둔다.

여름창가에서

동경하듯이
고요를 보고자 눈을 떠보라
갈구하듯이
빛을 듣고자 귀를 열어라

갑작스럽게

남쪽에서 바람이 불어올 적에

소리도 없이

뜰에서 장미 한 송이 피어날 적에

숨죽여보면

침묵 속에서 신이 말씀 하시네

나즈막하게

침묵 속에서 신이 말씀 하시네

Am Sommerfenster

Sehnend;

Versuch, die Stille zu schauen

Betend;

Verlangen, das Licht zu hören

Plötzlich,

Wenn ein Wind wehet vom Süden

Und

Wenn eine Rose blüht im Garten

Dann

spricht Gott im Schweigen

leise, ganz leise

spricht Gott im Schweigen

안개의 철학

독일 프라이부르크에서 살고 있을 때, 슈바르츠발트(Schwarzwald, 흑림)에 있는 '무멜호수(Mummelsee)'라는 곳에 간 적이 있다. 아주 크지도 아주 작지도 않은 아담한 산중호수였는데 너무너무 좋았다. 때마침 안개가 자욱해 신비적인 풍경이 연출되었다. 어슴푸레 보이는 호반의 전나무숲 속에는 언뜻언뜻 신들이나 정령들이 노니는 것 같은 착각이 들기도 했다. 함께 간 일행이 있어 사정상 오래 머물지 못하고 일찍 돌아왔는데 아쉬움이 남았다. 그 풍경이 그리워 그 후 다시 한 번 그곳을 찾아갔다. 이번에는 날씨가 화창했다. 아, 그런데 그 느낌이 달랐다. 달라도 너무 달라 완전히 다른 곳에 온 느낌이었다. 물론 그날은 그날대로 좋기는 했다. 하지만 처음의 그 분위기는 어디에도 없었다.

안개였다. 안개 덕분이었다. 처음의 그 신비로움은!

나에게는 그런 안개의 추억이 제법 있다. 고등학생 때였다. 아침에 등교를 하는데 안개 때문에 한 치 앞도 잘 보이지 않을 지경이었다. 그렇게 자욱한 안개는 지금까지도 별로 본 적이 없다. 그때 나는 학교 근처 종암동에 살고 있었는데, 그곳은 그때나 지금이나 좀 어수선하다. 그래서 특별히 좋아하는 편이 아니었다. 그런데 그날은 좀 달랐다. 일대의 모든 집들과 오가는 사람들, 그리고 가로수들까지도 그날은 모든 것이 다 예술이었다. 모든 색들도 다 지워지고 오직 희미한 실루엣만이 남아 있었다. 내가 흑백의 실루엣을 특별히 좋아하게 된 것은 어쩌면 그날 이후부터였는지도 모르겠다.

문학소년이었던 나는 그날 어설픈 시도 한 편 남겨놓았다.

안개

10월의 아침
자욱한 안개 속
오며
가며
신화적인 숨결을 느낀다

어디선가
아폴론의 휘파람 소리
성난 헤라의 치맛자락 소리
귓가에 스쳐

문득 발걸음을 멈추게 한다

이건 아마도
하늘의 틈새를 비집고 내려온 것
그들도 헤매고 있음이 분명하다
당황한 그들의
분주한 몸짓

그들이 이 안개를 되거두기까지
아직 약간의 여유는 남아 있으리
어쩌다가 엿보게 된 신화의 세계
10월의 아침
안개 속에서

고등학생의 그렇고 그런 습작이지만 나는 그날 신화의 세계를 엿본 것이다. 수준의 차이야 말할 것도 없지만 사실 그것은 그때 내가 보물처럼 소중히 했던 저 헤르만 헤세의 「안개 속에서」와 동일한 샘에서 솟아난 것이었다.

안개 속에서

기이하여라, 안개 속을 거니는 것은!
모든 나무 덤불과 돌이 외롭다

어떤 나무도 다른 나무를 보지 못한다

모두 다 혼자다.

나의 삶이 아직 환했을 때

내게 세상은 친구들로 가득했다

이제, 안개가 내려

더는 아무도 보이지 않는다.

어둠을, 떼어놓을 수 없게 나직하게

모든 것으로부터 그를 갈라놓는

그 어둠을 모르는 자

정녕 누구도 현명치 않다.

기이하여라, 안개 속을 거니는 것은!

삶은 외로이 있는 것

어떤 사람도 다른 사람을 알지 못한다

모두 다 혼자다.

Im Nebel

Seltsam, im Nebel zu wandern!

Einsam ist jeder Busch und Stein,

Kein Baum sieht den andern,

Jeder ist allein.

Voll von Freunden war mir die Welt,
Als noch mein Leben licht war;
Nun, da der Nebel fällt,
Ist keiner mehr sichtbar.

Wahrlich, keiner ist weise,
Der nicht das Dunkel kennt,
Das unentrinnbar und leise
Von allen ihn trennt.

Seltsam, Im Nebel zu wandern!
Leben ist Einsamsein.
Kein Mensch kennt den andern,
Jeder ist allein.

이 시는 세상의 얼마나 많은 청춘들을 매료했던가! 그게 다 저 안개 덕분인 것이다.

안개는 마치 지우개와 같다. 다 지워준다. 그래서 모든 것을 홀로 있게 한다. 외로움은 안개의 선물과도 같다. 그러나 아주 없애지는 않는다. 참 묘하다. 어렴풋이 그 윤곽을 남겨 어떤 그리움의 대상으로 남겨둔다. 절묘한 연출이 아닐 수 없다.

그리하여 그것은 하나의 세계를, 아주 특이한 하나의 세계를 열어 준다. 보이는 것도 아닌, 그러나 보이지 않는 것도 아닌 아주 이상한 세계다. 그 세계를 나는 신화의 세계라고 이름했다. 우리의 정신 속에도 그런 안개의 세계가 있다. 우리의 정신 속에 안개가 드리워지고 신화의 세계가 열리게 되면 신들의 숨소리가 들려온다. 그러나 그들은 결코 그 뚜렷한 모습을 드러내지 않는다. 우리는 거기서 어렴풋한 '기적'만을 느끼게 된다. 나는 어디선가 그런 것을 인기척에 빗대 '신기적'이라고 표현한 적이 있다. 그리스인들은 거기서 제우스나 헤라나 아폴론이나 디오니소스를 느꼈고, 유대인들은 거기서 여호와를 느꼈고, 아랍인들은 거기서 알라를 느꼈다. 우리는 그 모습을 확인할 수 없다. 확인하려고 안개를 걷어내는 순간 신들의 기적도 사라지는 것이다.

안개의 세계는 유효한 것이다. 그것은 꿈도 아니고 가상도 아니다. 그것은 엄연한 하나의 현실인 것이다. '어렴풋'하다고 하는 하나의 명백한 현실. 안개는 어느 날 또 느닷없이 피어나 온 세상을 휘감는다. 그럴 때 또 신들은 기적을 한다. 그것을 알아차리는 것은 언제나 우리 인간들의 몫이다. 잘 지켜보도록 하자. 언제 우리의 정신 속에 그런 안개가 내려 신들의 세계가 열리게 될지. 거기서 어떤 신기척이 들려올지.

눈의 철학

눈이 내린다. 오랜만에 보는 함박눈이다. 소리도 없이 내려 쌓이고 내려 쌓인다. 밤이라 그런지 마치 자장가처럼 내려 쌓인다. 40년 전, 처음 일본어를 배울 때 읽은 미요시 타츠지(三好達治)의 시가 떠오른다.

눈

타로를 재우고, 타로네 지붕에 눈 내려 쌓인다
지로를 재우고, 지로네 지붕에 눈 내려 쌓인다

雪

太郎を眠らせ、太郎の屋根に雪降り積む
次郎を眠らせ、次郎の屋根に雪降り積む

비록 미운 짓 많이 하는 일본이지만, 이런 감각에는 참 탄복이 절로 나온다. 이 단순함, 이 깔끔함. 눈의 소리 없는 소리를 자장가로 듣는 이 시인의 감각을 나는 철학의 감각으로 되새겨본다.

저것은 눈의 덕이다. 저 정숙과 고요, 그리고 순백과 정갈. 저것은 우리 인간들의 시끄러움 그리고 혼탁과 비교해보면 군말이 필요 없는 가치로 곧바로 다가온다. 눈의 존재는 그 자체로 곧 위로가 된다. 토닥임이다. 저것은 또 용서와 포용의 덕도 지니고 있다. 눈은 이 지상의 온갖 지저분한 것들을 차별도 없이 다 덮어준다. 눈 세상에서는 모든 것이 깨끗한 순백이 된다. 한 치의 아량도 없는 인간들이 배워야 할 덕이다.

물론 혹자는 눈의 이런 용서의 철학, 포용의 철학에 대해 이의를 제기할 수도 있다. 감쌀 수 없고 덮을 수 없는 죄도 세상에는 얼마든지 있지 않은가. 그건 그렇다. 모든 잘못과 죄들, 그것들을 일률적으로 눈의 논리로, 눈의 덕으로 다 감싸고 덮어줄 수는 없는 것이다. 과오에는 질책, 죄악에는 처벌이 현실적으로는 온당한 대응일 것이다. 하지만! 눈의 철학은 '그럼에도 불구하고'를 전제로 한다. 애당초 사랑의 본질이 그런 것이다. 'because of'가 아닌 'in spite of', 그런 게 사랑인 것이다. 그런 철학은 물론 누구에게나 가능한 그런 것은 아니다. 하지만! 일곱 번이 아니라 일흔 번씩 일곱 번이라도 용서해주라던 예수 그리스도의 정신이라면 충분히 이것과 통할 수 있다. 예수는 죄인에게도 구원의 손길을 뻗는 하느님의 행위에서 그런 보편적 사랑의 철학을 읽어냈다. 눈의 덮어줌도 그렇게 보자면 거룩하신 하느님의 행위에 다름 아니다. 적어도 그런 차원이라는 게 있는 것이다. 우리

인간들은 최소한 가족들에 대해서 그런 무조건적인 덮어줌의 철학을
실천할 수 있다. 부모와 자녀, 그리고 형제와 자매 혹은 남매, 그 사이
에 용서와 사랑의 눈이 내리면 적어도 거기서는 순백의 세계가 현실
이 된다.

그래서 눈 내린 풍경은 순수의 세계 그 자체다. 내 아내의 어릴 적
추억 속에도 그런 순수의 세계가 하나 간직돼 있었다. 나는 그녀를 위
해 그것을 시로 그렸다.

설경

아이는 코— 자는데

밤새
무언가 하얀 일이 꾸며지고 있다
창밖
저 하늘 어딘가
높디높은 데서 무언가가…

별빛도
달빛도
하얗게 구름 뒤로 몸을 숨기고
쉬이!
천사들도 장난스레 숨을 죽이고

하이얀 미소들만을 아무도 몰래
꽃으로 꽃으로
사뿐히 사뿐히
내려 보낸다

지붕에도 마당에도 담장 위에도
소록소록
하이얀 비밀들이 내려 쌓인다

아이는 하이얀 꿈을 뒤척이는 듯
새록새록
하이얀 미소가 꿈길가에 번지고
은은한 엄마의 체온이 이불 속에서
밤새 분홍빛으로 따사롭다

…

아이는 자리에서 눈을 부비다
초롱같은 두 눈이 똥그래진다
화안한 마당
은백의 세계
아이의 반가운 가슴이 한껏 열린다

포동한 맨발

툇마루에 서면

부지런한 아버지의 눈사람이 아버지와 서서

한쪽은 찡긋

한쪽은 싱긋

오들거리는 잠옷 속의 아이를 맞고

하얗고 차가운 행복이 한 자락 고이

훅

불어와 아이를 감싸 안는다

어느 어린 날의 아침이었다

　지금도 어느 연하장에는 이 비슷한 그림이 그려지곤 한다. 눈 내리는 밤과 눈 내린 아침은 적어도 맑은 영혼의 아이에게는 반가움의 대상으로 다가오는 것이다. 하늘의 선물로 다가오는 것이다. 순수가 빛바랜 어른들도 눈 오는 날만큼은 한순간 저 순백의 어린 시절로 되돌아간다. 문득 저 눈밭에 뒹굴며 천진한 웃음을 한껏 웃던 〈러브스토리〉의 올리버와 제니퍼도 떠오른다. 눈은 그렇게 젊은 연인들과도 너무나 잘 어울린다. 또 가사가 좀 슬프긴 해도 곡조로 볼 때 저 유명한 아다모의 샹송 「눈이 내리네(Tombe La Neige)」에서 내리는 눈도 역시 젊고 순수한 사랑의 배경으로 손색이 없다.
　어쩌면 하나의 역설일까? 내가 좀 별난 것일까? 나는 저 차가운 눈에서 더할 수 없는 따뜻함과 포근함을 느끼게 된다. 저것은 어쩌면 어떤 차가운 상황에서도 따뜻함을 잃지 말라는, 아니 차가운 상황일수록 포근함을 견지해야 한다는 하늘의 메시지인지도 모르겠다. 추워야만 내리는 따뜻한 눈. 그 착하고 새하얀 눈이 지금 온 세상의 모든 검정들을 지우며 내리고 있다. 순백의 세상이 펼쳐진다.

날개의 철학

내가 근무하는 학교에는 병풍처럼 둘러진 뒷산이 있다. 제법 높다. 이런 풍경은 아마 전국 최고가 아닐까 다들 자랑스러워한다. 가끔이 지만 수업이 끝난 오후 시간에 혼자서 정상까지 올라가보기도 한다. 오늘도 그곳에 다녀왔다. 정상의 '독수리 바위'에서 숨을 고르며 땀을 식히고 있는데, 그 상공에 진짜 독수리 한 마리가 비행을 하고 있었 다. 커다란 두 날개를 활짝 펼치고 선회하는 그 자태가 여간 늠름한 게 아니었다.

보고 있노라니 몇 년 전 거제도 망산에 올라 거기서 목격했던 까마 귀의 비행이 떠올랐다. 까마귀라고 우습게 볼 게 아니었다. 세상에! 까마귀가 그렇게 멋있는 새인 줄은 그때 처음 느꼈다. 머릿속에 시 한 편이 그려졌다.

신 오감도(新 烏瞰圖)

땀 뻘뻘 흘리며 고생고생
거제도 망산 정상에 올라 거친 숨을 고르는데
느닷없이 머리 위에 웬 까마귀
종횡무진 자유자재 가뿐한 날갯짓
동서남북을 희롱하며 비행쇼를 벌인다
한동안 헤— 넋을 놓고 바라보다가
(그래!)
너에게는 산도 산이 아니로구나
높고 낮음이 따로 없구나
내가 왜 까마귀를 우습게 보았던고
까마귀야 미안하다
나는 순간 새카매지며
존경스러운 그 까마귀가 되어 나를 내려다본다

너는 누구냐, 거기
날개도 없이 창공을 탐하고 있는 딱한 너는…

누군가는 나더러 별나다고 흉을 볼지도 모르겠으나 나는 무엇을 보
더라도 거기서 '의미'를 포착하려는 일종의 악습(?)이 있다. 그때도
그랬다. 아하, 저 까마귀에게는 날개가 있구나. 나에게는, 우리에게는
없는 저 날개…. 저것으로 저 친구는 창공을 주름잡고 있구나. 하늘을

나는 자에게는 날개가 있다는 저 단순한 진리. 비상과 비행에는 날개가 있어야 한다는 저 단순한 진리. 저 친구는 지금 그런 진리를 강(講)하고 있구나. 저게 있으면 종횡무진 자유자재 동서남북을 초월할 수 있구나. 그러면서 동서남북 좌우상하로 갈라져 그 틀에 갇힌 채 서로 반목하고 다투는 저 산 아래 세상의 모습이 안타까움 속에서 투영되었다. 오호라, 까마귀만도 못한…. 하기야 난들 저 까마귀보다 나을 게 뭔가…. 그런 자성도 하게 되었다. 한 수 크게 배웠다.

더욱이 그 친구는 높은 곳에서 나를 '내려다'보고 있었다. 어디 나뿐인가. 내가 그렇게 헐떡거리며 겨우겨우 올라온 그 산을 통째로 '내려다'보고 있었다. 산의 높고 낮음도 저 친구에게는 아무런 의미가 없다. 하물며 인간들의 높고 낮음이 저 친구에게 무슨 대수랴! 좀 오버겠지만 "산은 산이요 물은 물이다(見山是山 見水是水)", "산은 산이 아니고 물은 물이 아니다(見山不是山 見水不是水)" 어쩌고 하던 어느 선사(靑原惟信禪師)의 경지[8]가 저런 게 아닌가, 그런 생각이 들기도 했다.

그런 날개가 부러웠다. 그러면서 날개를 부러워했던 사람들이 떠올랐다.

『날개』라는 소설을 썼던 작가 이상. 그는 "날개야 다시 돋아라. 날자. 날자. 한 번만 더 날자꾸나. 한 번만 더 날아보자꾸나"라며 막막한 현실을 절규했다.

그리고 비행기를 만들었던 저 라이트 형제. 그들은 결국 하늘이라는 저 전인미답의 영토를 얻어냈다.

---

8) 『指月錄』, 卷二十八 참조.

그리고 내 친구 SI. 중학교부터 대학원까지를 같이 다녔던 그 친구는 중학교 때부터 거의 새 박사였다. 박제도 직접 만들었다. 그 친구는 미국에 가서 조류학을 공부한 뒤 진짜 새 박사가 되었다. 귀국해 교수가 된 후 황새 복원으로 이름도 제법 날리게 됐다. 그런데 그 정도로만 하지…. 본인이 소위 시대의 유행인 '기러기'가 되더니 건강을 돌보지 않고 무리를 해 결국 저 하늘로 가고 말았다. 남은 친구들은 그 친구를 기리며 기념 문집을 만들어 그의 영전에 바쳤다. 『하늘로 날아간 새』가 그 제목이었다.

그리고 저 장자. 그는 물고기로 태어난 '곤(鯤)'에게 날개를 달아 '붕(鵬)'으로 만들었다. 그 대붕을 통해서 그는 상상 초월의 '거대세계'를, 탈속의 차원을 인간들에게 열어주었다. 인간세상의 온갖 '좁음'과 '낮음'이 그 대붕의 날개 그늘에 묻혀 초라해졌다.

그리고 그 대붕의 비상을 감동적인 소설로 풀어낸 내 두려운 벗 SR. 그녀는 지금 스스로가 대붕이 되려는 듯 거대한 날개의 깃털을 가다듬고 있다.

그 밖에도 많다. 저 위대한 월트 디즈니도 미야자키 하야오도 가슴 속에 달린 날개가 없이는 결코 피터팬이나 키키에게 하늘을 날게 해줄 수가 없었을 것이다.

아, 그리고 때마침 지금 FM 라디오에서 흘러나오는 저 음악. (거짓말 같은 이 타이밍!) 「노래의 날개 위에(Auf Flügeln des Gesanges)」다. 멘델스존이다. 저 날개는 천사의 날개만큼이나 아름답다.

나도 이제 잠시나마 저 노래의 날개 위에 마음을 싣고 이 미학적 세계의 하늘을 날아봐야겠다.

제2부 지

땅의 철학

방학 동안 박경리의 『토지』를 다시 읽었다. 내친김에 펄 벅의 『대지』도 다시 읽었다. 지난번에 통영의 박경리 기념관과 남경의 펄 벅 기념관을 다녀온 게 작용했을 것이다. 머리가 묵직하고 가슴이 얼얼한 감동이 한동안 남았다. 그 감동이 좀 가라앉자 그 제목에 내걸린 '지(地)'라는 글자가 뭔가 남아 있는 뒷이야기를 속삭이는 듯 느껴졌다. 토지의 '지', 대지의 '지', 그것은 '땅'이었다.

이 소설들에서는 '땅'이라는 것이 한몫을 톡톡히 한다. 그럴 만하다. 인간들의 삶에서 땅이라는 것은 필수불가결한 조건의 하나가 아니었던가. 땅을 갈아서 먹고 살던 전통 농경사회에서는 말할 것도 없고 현대 자본주의 사회에서도 땅은 '부동산'이라는 이름으로 자본의 한 축을 이루고 있다. 그리고 무엇보다도 우리는 그 위에다 집을 짓고 도시를 건설한다. 땅, 그게 얼마나 중요한 것이었으면 저 고대의 철학자 엠페도클레스는 그것을 자연의 네 가지 근원(지, 수, 화, 풍) 중 하나로 꼽았겠는가. (그의 경우 땅은 흙과 다르지 않다. '토지'라는 우리말도 땅이 주로 흙의 구성체임을 알려준다.)

이 '땅'의 중요성 내지 철학적 의미는 바다에서 난파해 며칠 표류해 본다면 굳이 설명을 하지 않아도 곧바로 드러난다. 육지, 즉 땅은 곧 삶의 바탕이요 터전인 것이다. 땅은 굳어서 꺼지지 않고 만유를 그 위에다 받쳐준다. 그 덕은 사실 형언할 수 없을 만큼 큰 것이다. 그런 땅을 우리는 대지라고도 불러준다.

대지는 우리 인간들에게 아니 만유에게 생명을 제공해준다. 인간들에게 집터와 전답을 제공해주는 것은 말할 것도 없고, 몽골인들에게는 양이나 말과 함께 드넓은 초원도 제공해준다. 그리고 생각해보라. 온갖 식물들이 거기에 뿌리를 박고 물과 영양을 흡수해 자라난다. 쌀과 밀을 비롯한 온갖 곡식도 거기서 나고, 온갖 꽃들도 거기서 피고, 온갖 과실들도 거기서 연다. 온갖 나무들도 풀들도 거기서 자라난다. 어디 그것뿐인가. 대지는 금은보석은 말할 것도 없고 석유, 석탄, 가스 등 연료들도 그 품에서 내어준다. 돌도 흙도 모래도 다 거기서 난다. 요즘 엄청난 가치로 치는 소위 희토류들도 다 땅에서 난다. 세상에 이런 큰 덕이 어디 있는가.

그러면서 대지는 온갖 더러운 것들도 다 받아준다. 온갖 쓰레기, 온갖 오물들도 다 받아준다. 거기다 침을 뱉어도 배설을 해도 군말이 없다. 그래서 우리는 대지를 종종 어머니에 비유하기도 한다. 그리스인들이 대지를 여신 가이아($\Gamma\alpha\tilde{\iota}\alpha$)로 그려낸 것도 아마 이런 성격과 무관하지 않을 것이다. 모든 좋은 것들을 다 주고도 대가를 바라지 않는 어머니의 사랑, 그것이 가치요 윤리요 철학이라는 데 그 누가 이의를 제기할 것인가.

땅에는 물론 불모의 사막도 있다. 하지만 그 사막조차도 전갈에게는 보금자리가 된다. 낙타에게는 길도 열어준다. 그리고 더러는 오아시스도 허용해준다. 땅에는 물론 꽁꽁 얼어붙은 남극과 북극의 동토도 있다. 하지만 그 동토도 펭귄에게는, 그리고 곰과 여우에게는 역시 생명의 땅이 되어준다. 땅에는 물론 인간의 경작을 불허하는 산들도 무수히 솟아 있다. 하지만 그 산들도 다람쥐와 호랑이에 이르는 온갖 산짐승들에게 굴과 먹이를 내어준다.

대지는 넓다. 지구 표면을 덮은 그 면적이 무려 148,940,000km^{2}라고 한다. 평균적인 인간들이 한평생 일해 가질 수 있는 면적이 기껏 몇 십 평인 걸 생각해보면 이 숫자는 사실 감도 잘 잡히지 않는다. 나는 비행기를 탈 때마다 대지를 내려다보며 그 한량없는 넓이를 실감한다. 특히 저 아메리카 대륙, 중국 대륙, 그리고 유라시아 대륙의 상공을 날 때는 더욱 그랬다. 나에게는 그 넓이 자체가 또 하나의 철학이었다. 넓으라는 철학. 좁지 말라는 철학. 그건 속 좁은 인간들의 좁아터진 소견머리를 접할 때마다 반추되곤 한다. 사람들의 좁은 머리는 다른 사람들의 의견이 들어갈 틈이 없고, 사람들의 좁은 가슴은 한 조각의 아량도 허용하지 않는다. 사람들의 가슴을 열고 그 안을 들여다보면 보통 거기엔 오로지 '자기', 그리고 그 자기의 욕심과 고집만이 가득 차 있어 그 어떤 '타인'도 들어갈 자리가 없고 그 어떤 '가치'도 나붙을 벽이 없다. 드넓은 대지에게 배워야 한다.

그런데 그 대지가, 땅이, 이제 우리 인간들로부터 점점 멀어져간다.

어떨 때는 일주일 내내 한 번도 땅을 밟지 않고 지내는 일조차 드물지 않다. 집에도 이제는 흙으로 된 마당이 없고 길도 아스팔트로 뒤덮여 있고 직장은 온통 콘크리트 덩이다. 그 집과 직장 사이의 길을 우리는 차를 타고 다닌다. 도시의 땅에는 이제 빗물도 제대로 스미지 않아 대지의 신음소리가 들려올 정도다. 어쩌면 죽어 흙이 되고 나서야 비로소 우리는 다시 흙을 만나게 될지도 모르겠다.

우리 집에는 그나마 부지런한 아내 덕분에 창가에 화분 몇 개가 놓여 푸른 잎들을 키우고 있다. 그 화분에 담긴 몇 개의 흙덩어리가 몇 년째 말없이 그 잎들을 키우며 잊혀버린 대지의 흔적을 간신히 전하고 있다.

물의 철학

　가까운 직장 동료들과 어울려 중국의 남경과 양주 일대를 다녀왔
다. 일의 부담으로부터 벗어나 모처럼 즐거운 한때를 보냈다. 양주에
서는 운하를 따라 뱃놀이를 즐기기도 했는데 때마침 비가 내려서 여
간 운치가 있는 게 아니었다. 시심이 발동해서 수첩에 한 수를 끄적여
보았다.

동그란 물

물에 물 떨어진다고
그냥 물이랴

구름에서 예까지 어찌 왔는데

반갑다 반갑다고
동그랗게 동그랗게
수면에 뜬 개구리밥 보고 웃는
빗방울 빗방울 빗방울들…

나는 너 더 반갑다고
더 동그랗게 더 동그랗게
웃고들 있는
오래된 벗들

사방엔 온통
내리는 물
퍼지는 물
만나는 물
흐르는 물
다 함께 고리로 이어지는
동그란 물들

뱃놀이 왔다가 우연히 듣고 있는
하늘의 언어

나는 수면에 번지는 빗방울의 동그란 파문들이 왠지 가슴에 와 닿
았고 그것이 우주적인 어떤 원융함으로 느껴졌다. 물은 그 근본에 있

어서 둥근 것이며 그것은 또한 닿자마자 서로 어우러져 하나가 된다. 사람들도 그와 같다면 세상의 저 모진 대립과 갈등도 애당초 생길 턱이 없지 않을까. 그렇게 생각하니 물 보기가 왠지 부끄럽기도 했다. 해서 나는 그 물들의 연출을 '하늘의 언어'로 받아들였다.

아닌 게 아니라 물에게서는 참 배울 것이 많다. 물은 착하다. 이타적 존재다. 물의 저 선행들을 한번 되짚어보자. 물은 위험한 불을 꺼주는 것은 말할 것도 없고, 목마른 갈증을 해소해주는 것은 당연한 일이고, 차나 커피 등 온갖 음료로 변신해 우리의 입을 맛있게 하고, 때로는 분수가 되어 사람들을 즐겁게도 해주고, 때로는 비로 내려서 대지를 적시고, 화초들, 수목들, 곡식들도 키우고, 그리고는 냇물로 모여 졸졸졸 노래도 부르고, 두둥실 배들도 띄우고, 댐을 지나며 전기도 만들고, 여름날엔 남녀노소 물놀이도 시키고, 겨울엔 얼어서 스케이트도 타게 하고, 때로는 눈으로 내려 은세계도 만들고, 스키도 태우고, 매일 저녁 샤워가 되어 피로도 풀어주고, 빨래도 해주고, 온갖 더러운 것 가리지 않고 물청소도 해주고… 참으로 그 선행에는 한량이 없다. 물 그 자체가 곧 존재를 위한 축복인 것이다. 고마운 일이 아닐 수 없다. (어쩌면 이런 고마움을 제대로 알라고 신은 우리 인간에게 갈증이라는 것을 느끼게 하고 그리고 물을 찾도록 만들어놓은 것인지도 모르겠다.)

그리고 또 있다. 무엇보다도 물은 '살리는 존재'다. 송사리에서 고래에 이르는 온갖 고기들, 그리고 미역, 김, 다시마 등등 온갖 수초들에게 물은 그 생명의 원천이 되어준다. 강, 호수, 바다, 저 물들이 저들에게는 곧 세계인 것이다. 그렇다고 그게 또 다도 아니다. 물은 물 속에 있는 것들만의 물이 아닌 것이다. 물은 물 밖에 있는 것들에게도 흘러들어가 그것들의 생명을 지켜준다. 우리 인간들은 물론 온갖 식물들 그리고 온갖 동물들이 물로써 그 생명을 유지한다. 물은 애당초 자연의 근원, 생명의 근원으로 우리 인간에게 자신을 각인시켰다.

철학을 공부한 사람들은 이 '물(hydor)'이라고 하는 것이 철학사의 맨 첫 부분에 등장한다는 것을 잘 알고 있다. 일반에게도 어느 정도 알려진 대로 철학의 아버지로 간주되는 탈레스는 자연(physis)에서 어떤 특별한 경이로움(thaumazein)을 느꼈고 그 놀라움 내지 이상함으로부터 그 근원(arche)에 대한 의문을 품게 되었다. 아마도 진지하고 깊은 사유가 있었으리라. 그는 그 의문에 대해 "물이 자연의 근원"이라는 대답을 내놓았다. 응? 물이 자연의 근원이라고? 뭔가 소박하고 어설픈 느낌이 들기도 한다. 2,600년 전의 인물이니까 생각의 수준이 그냥 그런 거였겠지… 라고 생각한다면 큰 오산이다. 탈레스는 절대 그렇고 그런 사람이 아니었다. 그는 "너 자신을 알라"는 말로 소크라테스에게도 영향을 준 유명한 킬론과 더불어 이른바 그리스 7현인의 한 사람으로 꼽히기도 한다. 전해지는 기록에 따르면 그는 천문에도 밝았고 정치적, 군사적인 식견도 있었고, 또 자신의 키와 자신의 그림자가 똑같아지는 시간에 피라미드의 그림자를 재서 그 거대한 피라미드의 높이를 정확하게 알아낼 만큼 수학적인 머리도 있는 사람이었다. 그런 그가 그저 막연하고 소박한 느낌만으로 물을 자연의 근원이라 지칭하지는 않았을 것이다. 아리스토텔레스가 알려주는 대로 그는 만물의 영양이나 씨앗이 물기를 머금고 있다는 사실 등을 예리하게 살펴보았을 것이다. 그러니 그의 말에는 나름의 과학적, 학문적 근거가 없지 않은 것이다. 우리 인간은 물론 모든 동물과 식물도 물이 없이는 살 수가 없다. 그러니 적어도 물이 물기 있는 모든 생명의 근원인 것은 틀림없는 사실인 것이다. 그렇게 보면 물은 그 자체로 '살리고자 하는 철학'을 그 본질로서 지니고 있는 셈이다. 특히 우리 현대인들은 그간에 확보된 과학적 지식으로 이제 우리 자신인 인간의 몸이 약 70퍼센트 물로 이루어져 있다는 것을 잘 알고 있고 또 우리가 막연히 자연이라 부르고 있는 이 지구라는 별이 또한 약 70퍼센트 물이라는 사실도 잘 알고 있다. (이런 점에서 지구는 실질적으로 '수성'인 것이다.) 최소한 이것만으로도 우리는 "물이 자연의 근원"이라는 탈레스의 말을 쉽게 폄하할 수는 없는 것이다.

천문학적인 예산을 투입해 온 우주공간을 뒤지면서 물의 존재 내지 흔적을 찾고 있는 과학자들의 입장에서는 더욱 그럴 것이다. 사하라 사막 같은 데서 갈증을 느껴본 사람도 또한 그럴 것이다. 나는 개인적으로 물 없이 등산을 했다가 땀을 뻘뻘 흘리고 지독한 갈증을 느껴 낭패를 본 적이 있는데 그때 탈레스의 이 말이 가슴에 꽂히기도 했었다. 그리고 대학 3학년 때 난생 처음 배를 타고 부산항을 떠나 제주로 가다가 남해 한복판 360도의 수평선을 보면서 물의 엄청남을 온몸으로 실감한 적도 있었다.

물은 이렇듯 선량한 그 무엇, 근원적인 그 무엇임에 틀림없다. 그것이 지금도 이 세상천지에 흐르고 출렁이면서 온갖 것들을 적시고 있고 살리고 있다. 미크로의 세계에도 마크로의 세계에도 물이 있다. 보라, 저 미세한 세포에도 저 거대한 바다에도 물이 있다. 우리들의 위에도 아래에도 그리고 안에도 물이 있다. 살아서 움직이는 모든 것 안에 물이 있다. 물이 그 모든 것을 적시고 있고 살리고 있다. 바로 거기에 살리고자 하는 물의 철학이 작동 중인 것이다.[9]

그런데도 지금 '물의 위기'라는 말이 들려온다. 수질오염은 말할 것도 없고 물 부족이 오늘날 전 인류의 문제로 부각되었다. 유엔에서도 어쩌면 이런 물의 철학을 찾고 있을지 모르겠다. 사람들에게 이런 물의 가치를 알려야 한다. 그리고 물을 함부로 생각하는 사람들에게는 옐로카드, 아니 레드카드를 발부해야겠다. 그들에게 단 하루만이라도 물을 끊어본다면 어떨까? 그러면 저 어린 시절, 바닥의 모래알까지도 훤히 보이던 저 맑은 강물이 다시 돌아올 수 있을까?

오늘 저녁에도 또 폐수 무단 방류 사건이 TV 뉴스의 한 토막을 장식했다.

---

9) 바로 그 물이 왜 사람들을 빠트려 죽이기도 하는지, 홍수로 모든 것을 휩쓸어가기도 하는지, 그것을 나는 하나의 화두로 남겨둔다. 심청이나 노아라면 좀 생각해둔 바가 있을지도 모르겠다.

물의 철학(2)

　나는 낙동강이 시작되는 곳에서 태어나 자라났는데 그 덕분에 강물의 흐름이라는 것이 너무나 익숙하고 친근한 풍경의 하나였다. 그 흐름은 끊임없이 흐르면서 어린 나에게 그리고 젊은 나에게 어떤 '흐름의 철학'이라는 것을 마치 하나의 노래처럼 들려주었다. 후에 철학이라는 것을 전공하게 되면서 나는 그런 경험을 공유한 두 사람의 철학자를 만나게 되었다. 참으로 반가웠다. 그게 공자와 헤라클레이토스였다.

　공자는 강물을 보며 "가는 것이 이와 같구나. 밤낮을 가리지 않네(逝者如斯夫 不舍晝夜)"라는 짧은 한마디를 남겼다. 그는 그 강물로부터 끊임없는, 항상적인 흘러감을 하나의 법칙으로서 배운 것이다. 우리는 그의 이 말을 만유의 무상함에 대한 철학적 인식으로 해석해도 지장이 없다. 그의 이 짧은 한마디는 "제행무상(諸行無常)"이라는 저 고타마 붓다의 인식이나 "모든 것은 흐른다(panta rhei)"라고 말한 저 헤라클레이토스의 철학적 통찰과도 다르지 않다. 헤라클레이토스가 이 말과 관련해 "우리는 같은 강물에 들어가는 것이기도 하고 들어가지 않는 것이기도 하다", "끊임없이 새로운 것이 다가와서는 멀어져가고 또 다가와서는 멀어져간다"는 말을 덧붙이고 있는 것도 그가 그런 변화와 무상함을 물의 흐름으로부터 배웠다는 증거인 것이다. 물론 이런 통찰의 연장선에서 그 무상한 만유에 대한 집착의 허망함을 설한 것은 붓다의 고유한 철학에 속하는 것이다. 그것은 그대로 그의 위대함이다.

물은 지금도 우리의 바로 곁에서 그러한 철학을 가르치고 있다. "모든 것은 나처럼 이렇게 흐른답니다. 무상한 거예요. 권불십년이요 화무십일홍이라고도 하지 않던가요? 권력도 미모도 부도 명성도 다 그렇게 변한답니다. 그러니 그런 허무한 것에 너무 집착해 괴로워하지 마세요. 그런 괴로움은 결국 자기를 상하게 만들 뿐이랍니다." 물의 흐름으로부터 우리가 그런 소리를 들을 수 있다면 그것은 사실상 대가람에서 강(講)해지는 설법과 별반 다를 바가 없는 것이다.

물에 대한 이야기를 하다 보니 또 한 가지가 떠오른다. 물이라고 하면 저 위대한 스승 노자를 빠트릴 수 없다. 노자 『도덕경』의 수많은 명구들 중에 나는 개인적으로 "상선약수(上善若水)"라는 말을 가장 좋아한다. "정말로 훌륭한 선은 물과 같다"는 것이다. 그는 이 말을 좀 더 구체적으로 이렇게 설명한다. "물은 만물을 잘 이롭게 하면서도 다투지 않고 뭇사람이 싫어하는 곳(낮은 곳)에 머무른다(水善利萬物而不爭 處衆人之所惡)." 햐~ 참 기가 막힌 철학이 아닐 수 없다. 노자는 짱이다. 물은 그야말로 솔선수범을 하고 있는 것이다. 그 자체로 윤리 도덕의 표상인 것이다. "우리는 만물을 이롭게 해야 합니다. 그렇지만 서로 내가 잘났다고, 잘했다고 내세우거나 다투지 맙시다. 그리고 낮은 곳에 머무릅시다. 사람들은 낮고 더럽고 어두운 곳을 싫어하지만 정말로 제대로 된 훌륭함이란 그렇게 자기를 드러내지 않고 낮추는 것이랍니다." 그렇게 물은 우리를 가르치고 있는 것이다. "공을 이루고 몸은 물러난다(功遂身退 혹은 功成而弗居, 功成而不處)"는 그의 말도 그런 철학인 것이다. 그것은 독일의 철학자 마르틴 하이데거가 평생 강조해 마지않았던 진리의 양면, 즉 드러나는 것인 진리는 드러나지 않는 비진리를 동시에 지닌다는 것, 즉 결과만 드러나고 원인은 뒤에 숨어 있다는 것, 그것이 진리의 본질적 모습이라는 것, 그런 존재론적 철학과도 상통하는 것이다.

노자의 물 철학은 서양 중세의 저 위대한 사유의 거장 마이스터 에크하르트와도 맞닿아 있다. 그는 이렇게 말했다. "위로부터, 빛의 아버지로부터 받으려는 이는, 필히 올바른 겸손을 지니고 가장 낮은 아래에 있어야 한다. […] 최대한 낮추지 않는 자는, 위로부터 받을 수도 없다. […] 자신을 바라보거나 어떤 사물이나 다른 누군가에게 눈길을 돌리고 있다면, 그대는 아직도 가장 낮아진 것이 아니며, 그러므로 역시 받을 수가 없다. 만일 그대가 가장 낮아졌다면, 그대는 지속적으로 온전히 받게 될 것이다. […] 주는 것은 신의 본성이다. 신의 본성은 우리가 낮은 곳에 있는 한 주게끔 되어 있다. 우리가 받지 못했다면, 우리가 아직 낮아지지 않았기 때문인 것이다. 그런데도 우리가 일삼는 행위란, 폭력을 행사하면서 신을 죽이는 일이다. 우리가 신을 직접 어떻게 할 수는 없으니, 이것은 우리 안에 계신 신을 죽이는 것이다."
울림이 있는 말이다. 이런 것을 나는 '낮춤의 철학'이라고 명명했었
다. 그는 물의 덕성인 '낮춤'(아래로 흐름)이라는 것을 신과도 연결시
키고 있는 셈이다.

이렇게 보면, "오, 위대한 물이여"라고 우리는 말하지 않을 수 없다.
주변을 둘러보자. 우리가 사는 이 세상에는 과연 물과 같은 사람들이
몇이나 살고 있을까? 사람들은 (저 물과는 너무나 달리) 만유는커녕
주변 사람들도 이롭게 하지 못하면서, 낮은 곳은커녕 서로 다투어 자
기를 내세우면서 높은 곳으로 높은 곳으로 올라가려고 별의별 짓을
다 하고 있다. 그 추한 모습을 우리는 이른바 선거나 청문회 같은 데
서 지겹도록 보기도 한다. 어쩌면 그런 모습이 안타까워서 오늘도 비
가 내리는 건지도 모르겠다. 하늘에서 땅으로. 위에서 아래로. 또 그
래서 오늘도 강물은 흐르는 건지도 모르겠다. 상류에서 하류로.

물은 그렇게 낮은 곳으로 흘러간다. 낮은 곳으로 흐르는 존재는 높
은 곳에서 온 것임을 잊지 말자. 존경이란 그런 것에게 바치는 것임을
잊지 말자.

강변의 철학

'인간은 이성적 존재다. 그러나 그 이전에 인간이 서정적 존재임을 아는 자는 조금 더 인생의 성공에 가까이 다가간다.'

요즘 시대에도 서정이라고 하는 것이 과연 유효한 것인지 모르겠으나, 나는 그것을 강하게 주장하고 싶은 한 사람이다. 아니, 모든 것이 전자화된 요즘 시대일수록 우리는 서정을 잃지 않기 위해 각별한 노력을 기울이지 않으면 안 된다는 것을 나는 거의 하나의 '철학'처럼 내세우고 싶다.

나는 낙동강이 시작되는 한 조그만 소읍에서 어린 시절을 보냈다. 지금 생각해보면 그건 내 인생에 주어진 가장 큰 축복의 하나가 아니었나 싶기도 하다. 집에서 한 십여 분만 걸으면 거기엔 맑고 푸른 강물과 눈부실 만큼 새하얀 드넓은 백사장, 그리고 강둑엔 온갖 풀들과

들꽃들이 싱싱했고 이따금씩은 상큼한 바람 사이로 푸르르 메뚜기가 날기도 했다. 그 모든 것들이 찬란한 햇살 아래 빛나고 있었고 거기서 아이들은 한없이 푸르고 큰 꿈들을 키워나갔다. 거기엔 훗날 내가 독일의 철학자 마르틴 하이데거에게서 배운 '존재(Sein)'라는 것이 생동하는 그 자체로서 펼쳐지고 있었다.

게다가 그곳이 강의 시발점이라는 것은 하나의 특별한 의미를 더해주었다. 우리는 거기서 인생 그 자체로서의 '놀이'를 하며 우리의 놀이터였던 그 강물이 대구나 밀양이나 부산 같은 큰 도시들을 거쳐 이윽고는 남해 그리고 태평양으로 갈 것이라는 이야기를 하며, 마치 태평양과도 같은 사고의 스케일을 키워가기도 했던 것이다.

훗날 철학이라는 것을 배우게 되면서, "모든 것은 흐른다", "우리는 같은 강물에 들어가는 것이기도 하고 아니기도 하다"라는 헤라클레이토스의 수수께끼 같은 말을 들었을 때, 나는 그 어떤 보충 설명도 없이 곧바로 그의 말을 이해할 수 있었다. 공자의 이른바 '천상탄(川上嘆)', "가는 것이 이와 같구나. 밤낮을 가리지 않네" 같은 것도 마찬가지였다. 나는 그들이 그 옛날 강가에서 함께 놀이를 하던 친구나 선배들처럼 친근하게 느껴지기도 했다. 적어도 우리는 강이라는 것을 공유하고 있으니….

우연인지는 모르겠으나 내 삶의 가까이에는 늘 강이 함께 있었다. 중학교 이후 서울에서 오래 생활하면서 나는 어린 시절의 꿈을 한강으로 옮겨갔고, 일본 유학 시절에는 집 근처를 흐르는 아라카와 그리고 에도가와가 마치 그곳이 고향인 양 쓸쓸한 이국의 고독을 어루만져주기도 했다. 독일 하이델베르크에 살았을 때는 네카강이, 프라이

부르크에 살았을 때는 정겨운 드라이잠과 함께 머지않은 곳에 라인강과 도나우강이 있어 주말이면 발길을 그리로 이끌기도 했다.

세월이 흐르고 인생도 흘러 어쩌다가 미국의 보스턴(정확하게는 강 건너 케임브리지)에서 인생의 한때를 보내게 되었다. 이곳에는 한강의 한 절반쯤 되는 규모의 찰스강이 고요히 흐르고 있다. 기나긴 겨울이 지나고 날이 풀리면 강변에는 성급한 젊음들이 싱싱한 초록 속에서 일광욕을 즐기기도 하고 강변을 달리기도 한다. 거기에 자전거의 행렬은 바람을 가르고 새하얀 요트들은 물살을 가른다. 오늘도 보스턴을 찾은 저 수많은 여행객들은 저마다의 느낌으로 찰스강을 거닐며 아마 무엇보다도 저 강변의 고즈넉한 풍경을 그들의 가슴 깊숙한 곳에 담아 가리라. 이곳에서 그들의 청춘을 보내고 있는 하버드, MIT, 보스턴대학의 저 수많은 젊은이들도 어쩌면 그들의 강의실, 도서관, 실험실에서 배운 것보다 더욱 소중한 그 무엇을 저 찰스강으로부터 배우고 있을지도 모른다.

무릇 인간이란 마음과 더불어 인생을 사는 실존적 존재임을 우리는 항상 되뇌지 않으면 안 된다. 인간은 분명 이성적 존재임에 틀림없지만, 또한 동시에 '서정적 존재'임을 그 누구도 부인할 수는 없다. 오늘도 세계의 이곳저곳에서는 강물이 흐르고 있다. 그 강물들은 결코 그저 상류에서 하류로 흐르는 단순한 빗물의 집합체 또는 H_2O가 아니다. 그것은 우리의 가슴속을 함께 흐르면서 새들과 함께 즐거운 노래를 들려주기도 하고 때로는 기나긴 서사를 들려주기도 하는 여신임을 망각하지 말자. 그런 서정을 통해 우리는 이 시대의 화두가 된 바로 그 힐링이라는 것에 다다를 수도 있다.

문득, 김소월의 저 시구가 떠오른다. "엄마야 누나야 강변 살자 / 뜰에는 반짝이는 금모랫빛 / 뒷문 밖에는 갈잎의 노래 / 엄마야 누나야 강변 살자." 그래, 소월은 역시 그래서 소월이었다.[10]

---

10) 졸저 『인생론 카페』에서 전재. 미국에서 쓴 글임을 참고하기 바란다.

바다의 철학

내가 바다를 처음 본 것은 초등학교 6학년 때였다. 수학여행으로 경주에 갔는데 해돋이를 보자고 선생님이 우리를 토함산으로 데려갔다. 거기서 떠오르는 아침해와 더불어 저 동해의 한 토막을 내려다본 것이다. 수평선이라는 것도 그때 처음 보았다. 엄청 신기했던 그 느낌이 지금도 기억의 한구석에 선명히 남아 있다.

그 첫 대면 이후 바다와의 만남은 이제 수십 차례도 더 된 것 같다. 동해, 서해, 남해, 웬만큼 이름난 데는 거의 다 가봤다. 도쿄에 살 때는 태평양도 보았고, 독일에 살 때는 북해, 발트해, 지중해도 보았고, 그리고 지난번 보스턴에 살 때는 대서양도 보았다.

그런데 가장 인상이 강렬했던 것은 저 남해 바다다. 대학 3학년 때였다. 제주 여행을 하겠다고 부산항에서 배를 탔다. 동백섬과 오륙도가 저만치 시야에서 사라진 후 이윽고 360도의 수평선이 눈에 들어왔다. 와~ 이건 정말 엄~청난 것이었다. 이게 바다였다. 이건 바닷가에서 보던 그 바다와는 차원이 달랐다. 이 거대한 물덩어리! 그 넓이와 깊이. 그건 가히 압도적이었다. 내가 지구를 '사실상 수성'이라고 인식한 것도 바로 그때 거기서였다. 그리고 완벽하게 드러난 '넓이'라는 것을 온전히 대면한 것도 거기서였다. 내 눈이 담을 수 있는 최대의 넓이가 바로 거기에 있었다. 그것은 하늘의 넓이와 거의 맞먹는 것이었다. 바로 그 바다, 바로 그 넓이가 내게 '스케일'이라는 것을 가르쳐줬다. 단일한 것의 스케일 치고 이보다 더한 것이 어디 있는가. 바다는 최고의 모델이요 최고의 스승이었다. 그것은 거의 하나의 '철학'이었다. 넓으라는, 깊으라는, 크라는 철학. 그것은 젊은 청년의 가슴에 지워지지 않는 하나의 교훈으로 남았다.

거기서 나는 저 중세 말 르네상스 초기의 철학자 니콜라우스 쿠자누스를 떠올렸다. 그가 저 유명한 철학 '대립자의 일치(coincidentia oppositorum)'라는 것을 착안한 것이 바다 한가운데에서였다는 것을 어디선가 읽었기 때문일 것이다. 하기야 저 수평선을 보면 직선과 곡선이라는 대립도 거의 하나로 일치해버린다. "곡과 직이 둘이 아니다. 곡이 직과 다르지 않고 직이 곡과 다르지 않다. 곡이 곧 직이고 직이 곧 곡이다(曲直不二 曲不異直 直不異曲 曲卽是直 直卽是曲)." 그런 느낌이었다. 그리고 이 거대한 하나의 물덩어리를 보면 한 방울의 물과 거대한 바다라는, 말도 안 되는 이 대립도 그냥 하나로 일치해버린다. 인간들이 설정한 온갖 대립이 참 사소한 것으로 부끄러워지는 이 대단한 경지. 바다는 그것을 알려주고 있었다. 쿠자누스는 아마도 거기서 '신의 눈' 같은 것을 보았을 것이다. 모든 물들을 하나로 모으는,

오직 하나로 수렴하는 저 바다의 철학! 그것은 우리 인간이 배워야 할 거대한 덕이었다.

그때였다. 수면에서 뭔가가 뛰어올랐다. 아니 거의 날아올랐다. 날치였다. 그들은 지칠 줄도 모르고 뛰어오르고 또 뛰어올랐다. 하늘에는 7월의 태양이 타고 있었다. 젊었던 내게는 그들의 그 날갯짓이 꼭 저 태양을 향한 도전처럼 느껴졌다. 거기서 짧은 시 한 편이 탄생했다.

날치의 오랜 꿈─그의 은빛이 눈부신 이유

날자, 날아서
저기 저 붉은 해를 먹고야 말리

하늘도 바다도, 새도 웃는다

그때 내가 느낀 바다의 웃음은 '격려'였다. "날치야, 그래 날아라. 백 번 천 번, 지치지 말고 날아올라라. 저 붉은 것이 끝내 너의 입에 들어가는 일이 없다고 해도 너의 그 뛰어오름, 날아오름은 그 자체로 훌륭한 의미가 되는 거란다." 위를 바라본다는 것, 그리고 그냥 바라보기만 하는 것도 아니고 실제로 뛰어본다는 것, 날아본다는 것, 그러면서도 지치지 않는다는 것, 끝없이 거듭 시도한다는 것, 그런 의지, 그런 노력. 그것에 대한 격려였다. 수면의 찰랑이는 파도가 마치 날치를 던져 올리는 바다의 손짓같이도 느껴졌다. 날치의 그 날갯짓에서 나는 저 소크라테스의 '영혼의 향상을 위한 노력', 그리고 둔스 스코

투스와 쇼펜하우어와 니체가 역설했던 '의지'라는 것을 느끼기도 했다. 아니 무엇보다도 저 그리스신화에 등장하는 시시포스를 연상했다. 산정을 향해 끝없이 바위를 굴려 올라가는, 그리고 굴러떨어져도 또다시 굴려 올라가는 시시포스의 의지. 저 바다는 날치를 통해 그런 의지의 철학도 알려주고 있었다. 아니 날치만이 아니었다. 생각해보니 바다 자신이 저 온 세상의 모든 해변에서 매일 매순간 거르지 않고 철썩이는 파도로써 그런 의지의 철학을 강(講)해주고 있었다.

오늘 창원에서 가까운 거제 몽돌 해변을 다녀왔다. 거기서도 파도는 끝없이 밀려오고 있었다. 그의 사전에 포기란 없었다. 저러기를 벌써 몇 천 년 몇 만 년인가. 이런 시를 쓴 유영 시인도 아마 바다의 저 강의를 들었음에 틀림없다.

파도

파도는
내가 오기 전부터
내가 오기 전 몇 억천만 년
태초의 아침부터
저렇게 외쳤겠지
끊임없이 외쳤겠지
끊임없이 외쳤으련만
무슨 소린지 알아들을 바이 없어라
[…]

하고많은 흘러간 인류 중에서
알아들은 이 누가 있을까
[…]
파도여 말하라
알기 쉽게 말하라
억천만년의 그 부르짖음
그 무언 신비의 절규
진정 무슨 소린지
[…]
물어도 빌어도 대답이 없어
기슭을 거닐며
온종일 바보처럼
나 갈매기를 불러보고
조개껍질을 뒤져보고
뜻을 찾으며 찾으며
파도에 귀를 기울인다

파도여 파도여
내일도 모레도 또 글피도
내 물음에 아랑곳없이
변함없이 파도는 부르짖겠지
아는 이 없이 쉬는 일 없이
끝이 없이 한이 없이…

불의 철학

　나이 탓인지 옛날을 되돌아보는 일이 많아졌다. 그 옛날과 지금을 비교해보면 참 많은 것들이 달라졌다. 예전에 없던 수많은 것들이 새로 생겨났고 예전에 있던 수많은 것들이 사라지기도 했다. 사라진 것, 멀어진 것은 아련한 추억의 한 장면으로 남기도 한다. '불'에 관한 추억도 그중 하나다.

　학생들과 함께 학과 MT를 가서 캠프파이어를 하다가 문득 그 추억의 한 장면이 회상되었다. 캠프파이어. 내가 학생이었을 때도 몇 번인가 했었다. 탑처럼 쌓인 장작들을 태우며 불꽃이 몽환적으로 춤을 췄다. 그때나 지금이나 조용한 걸 좋아하는 나는 그저 말없이 불가에 서서 타오르는 불꽃을 바라보며 명상에 잠기고는 했다.

　꼭 철학과라 그런 것은 아니었지만 첫 MT 때 나는 타오르는 불꽃을 보며 수업시간에 들은 헤라클레이토스의 철학을 떠올렸다. "이 세계는 […] 어떤 신이나 인간이 만든 것이 아니라, 항상 있었고 있고 있을 것이며, 영원히 살아 있는 불로서 적절히 타고 적절히 꺼진다." "모든 것은 불의 교환물이고 불은 모든 것의 교환물이다." 이게 도대체 무슨 말인가? 그때나 지금이나 나는 그의 수수께끼 같은 이 말을 백 퍼센트 정확하게 이해하지는 못한다. 문맥이 사라진 단편이니 다른 누구라도 사정은 비슷할 것이다. 우리는 다만 타고 꺼지는 불의 근본 속성과 그 항상성을 세계나 만물에 적용해 그 연관성을 어렴풋이 짐작해볼 수 있을 따름이다. 어쨌거나 헤라클레이토스에게는 불이라는 것이 세계 내지 만물과 연관될 만큼 대단한 어떤 요소였음에는 틀림없어 보인다.

고대인인 그에게는 그럴 수도 있었겠지…. 불은 얼마나 신기하고 그리고 대단한가. 저 프로메테우스의 신화나 배화교인 조로아스터교 같은 것을 생각해보더라도, 불은 고대인들에게 특별한 어떤 의미를 가지고 있었던 것 같다. 얼마나 중요한 거였으면 인간들에게 불을 가져다주었다고 해서 프로메테우스는 매일 독수리에게 간을 쪼아 먹히는 형벌을 받게 되었을까. 그만큼 불이 인간에게 중요한 것이라는 사실을 이 신화는 말해주는 것이다. 페르시아의 조로아스터든 인도의 아그니든 그리스의 헤파이스토스든 일본의 카구츠치든, 불이 종교적 대상이 되었다는 것도 마찬가지다.

아닌 게 아니라 불이 없다면 인간들은 겨울을 온전히 나지 못할 것이다. 그리고 밥과 빵은 물론 온갖 맛있는 요리들도 다 사라진다. 아니 그 이전에, 저 태양이 (아낙사고라스의 말처럼) 사실상 불타는 돌임을 감안한다면, 불의 부재는 곧 이 지구 위 모든 생명들의 존재기반이 사라짐을 의미한다.

그런데 생각해보니 요즘은 그런 불 자체를 볼 기회가 거의 없는 것 같다. 우리가 볼 수 있는 것은 기껏해야 주방의 가스 불, 그리고 생일 케이크 위의 가느다란 촛불, 그 정도일까? 혹시 불꽃놀이 때 하늘에서 터지는 저 불꽃도 불은 불인가? 보일러의 불을 들여다보는 일도 거의 없다. 애연가라면 라이터 불 정도를 좀 자주 보려나? 하지만 그런 이들도 이젠 많지가 않다. 동네 대장간의 불도 사라진 지 오래다. (그러고 보니 이젠 아버지의 불호령 같은 것도 볼 수가 없다.) 아무튼 그렇게 불은 어느샌가 우리 주변에서 조금씩 멀어져갔다.

내가 어렸을 때만 해도 불은 훨씬 더 가까운 곳에서 타고 있었다. 밤에 방 안을 밝히는 것도 호롱불, 촛불, 등잔불, 그런 불이었다. 겨울에 아랫목을 뜨끈뜨끈 달구어주던 것도 아궁이 속의 군불이었다. 부엌에서 가마솥을 데워 밥을 해주던 것도 불이었고, 가을날 마당에 떨어진 낙엽을 처리해주던 것도 불이었다. 정월 대보름에는 쥐불놀이가 큰 재미였다.

그 고마운 불들은 다 어디 가고 달갑지 않은 불들만 남아 이따금씩 우리 가슴을 시커멓게 태운다. 아이들의 불장난, 남녀의 불장난, 전쟁의 포화, 그리고 크고 작은 화재다. 우리는 저 67년 로마의 대화재와, 1657년 일본 에도의 대화재, 1666년 런던의 대화재, 1871년 시카고의 대화재, 그리고 1971년 우리의 이른바 대연각 화재 등을 기억한다. 다른 것은 몰라도 나는 저 끔찍했던 대연각 화재를 생생하게 기억한다. 우리 세대 중 "자나 깨나 불조심", "꺼진 불도 다시 보자"라는 저 표어를 모르는 사람은 아마 거의 없을 것이다. 그렇게 불은 끔찍한 대재앙이 되기도 한다. 저 서라벌을 모조리 태워버린 몽골군의 불은 신라 문화를 동경하던 내 청춘의 한이기도 했다.

다시 캠프파이어. 나는 아름답게 춤을 추는 불꽃을 보며 거기서 마치 어떤 노래가 들리는 것 같았다. 시인의 지나친 상상력인가? 불꽃은 내게 이런 노래를 들려주었다.

불은 두 개의 얼굴
데우는 불과 태우는 불
하나는 따뜻한 은혜의 얼굴
하나는 뜨거운 재앙의 얼굴
이것도 저것도 동일한 불
그러나 알라
그 불을 손에 쥔 자는 그대들 인간
생각해보라
그대는 어떤 불을 피우고 어떤 불을 태울지
그대의 불은
만드는 불인지 없애는 불인지
그리고 알라
세계도 불
만유도 불
인간도 불
그대도 불
불은 타기도 하고 꺼지기도 함을

일고 꺼짐의 기복 있음을

그리고 알라

그대라는 불은

나무를 태우나 물에는 꺼짐을

모든 것은 그렇게 상대적인 것임을

[…]

불의 노래는 불꽃이 다양한 만큼이나 다양한 이야기들을 노래로 들려준다. 언뜻 이런 이야기도 들리는 것 같았다.

그대 안에는 지금 어떤 불이 타는가

보이는가

끝없이 타고 있는 그 욕망의 불꽃

부디 그 불로 그대의 삶을 다 태우지 말라

하나씩 끄면서

정진 또 정진

언젠가 그 모든 불꽃이 다 꺼진 날

그대가 곧 부처가 되리니

고요의 경지

열반의 경지가 열려 오리니

정진 또 정진

정진 또 정진…

돌의 철학

길을 걸어가다가 발 앞에 있는 돌멩이 하나를 무의식적으로 걷어찼다. 어린 시절에 곧잘 하던 짓이다. 낙동강변을 걸으면서 친구들과 그 짓을 하며 누가 더 멀리 차는지 내기도 했다. 다들 깔깔거리며 즐거워했다. 지금이야 포장된 길거리에서 돌멩이를 구경하는 것조차 드문 일이고 또 누군가를 다치게 하거나 물건을 상하게 할 수도 있다는 걸 알고 있으니 어릴 적 아무것도 없는 강변에서처럼 그렇게 힘껏 걷어찰 수는 없다. 돌멩이는 약간의 거리를 데구루루 굴러가다가 금세 멈추었다.

그런데 아주 짧은 순간, 그 돌멩이에게 좀 미안하다는 생각이 살짝 스쳐갔다. 저 돌멩인들 혹시 마음이 있다면 나한테 발길질 당하는 것이 좋기야 하겠는가… 그런 생각. 어쩌면 철학 공부를 너무 오래한 탓일까? 아니면 시를 너무 많이 읽은 탓일까? 뭐 그렇게 돌멩이에게까지 감정이입을 할 필요는 없었을 텐데….

그러면서 또 언뜻 우리 집안 선조님과 아주 가까운 사이였다는 고려 말의 저 최영 장군이 생각났다. "황~금을 보기~를 돌같이 하~여라, 이~르신 어버이 뜻을 받~들어"라는 노래를 어릴 적 우리는 곧잘 부르곤 하지 않았던가. 그런 말씀을 하신 최영 장군의 아버지는 어쨌든 저 돌멩이를 하찮은 것, 대수롭지 않은 것으로 전제한 것이 아닌가. 하기야 그런 게 어디 최장군의 아버지뿐인가. 누구든 길거리의 돌멩이를 대수로 보지는 않는다. 그건 사실이다.

하지만 조금 생각해보면 알 일이지만 돌이라고 그냥 무조건 다 시시한 것은 절대 아니다. 나는 미안한 김에 발길질 당하는 돌들을 위해 '돌을 위한 변명'을 좀 해야겠다고 생각했다.

얼마 전에 TV 채널을 돌리다가 우연히 '꽃돌'이라는 것에 푹 빠진 어떤 분의 이야기를 본 적이 있다. 정말 별것 아닌 돌인데 그걸 쪼개고 다듬고 하면 그 안에 숨어 있던 기가 막힌 꽃문양이 드러나는 것이다. 국화, 장미, 심지어 해바라기까지 정말 온갖 꽃모양이 다 있었다. 너무너무 아름다웠다. 모르긴 해도 그런 건 엄청난 고가에 팔리지 않을까 싶기도 했다. 그런 돌들은 '하찮게 보이는 것들 속에 실은 무엇보다도 뛰어난 아름다움이 숨어 있을 수 있음'을 알려준다. 나는 그것도 일종의 '돌의 철학'이라고 간주한다. 이런 철학은 아주 자연스럽게 '하찮게 보이는 것이더라도 결코 함부로 대해서는 안 된다'는 윤리로 이어진다.

'수석'이라는 것도 그렇다. 청록파 시인 박두진 선생이 생전에 그렇게 수석을 좋아하셨다는 이야기는 유명하다. 나는 지금도 자신의 닉

네임을 수석이라 칭하는 원로 시인 한 분을 개인적으로 잘 알고 있다. 그분의 수석 사랑도 보통이 아니다. 그 수석들을 바라보고 있으면 나 같은 아마추어도 그 깊은 매력에 빠져들게 된다. 거기엔 어떤 설명도 이론도 불필요하다. 그 앞에 서기만 하면 곧바로 그 가치를 맨눈으로 만나게 되는 것이다. 그런 돌이라면 절대로 하찮을 수가 없고 시시할 수도 없다. 돌이라고 다 똑같은 돌은 아니다. 사람이라고 다 똑같은 사람도 아니다. 본원적인 내적 차이의 존재, 돌에는 그런 철학도 들어 있다.

돌의 가치를 위해 좀 더 증거를 대보려 한다. 잠시 어릴 적으로 돌아가보자. 지금도 그런 경우가 있는지 잘 모르겠지만 우리가 어릴 적에는 돌멩이만 있으면 하루 온종일이라도 즐겁게 놀 수 있었다. 돌멩이를 던져 돌멩이를 맞추는 놀이도 있었고 바둑알 정도의 돌멩이를 손가락으로 튕겨 그 자리에 금을 그으면서 땅따먹기를 하는 놀이도 있었다. 그 재미를 아는 사람이라면 누구도 그 돌들을 그냥 '돌 보듯' 할 수는 없을 것이다.

좀 과한 예가 될지도 모르겠지만 사실 생각해보면 보통 사람들이 가치 중의 가치로 치는 '주얼리'라는 것도 그 기본은 돌이 아닌가. 소위 보석의 '석'이 바로 '돌 석(石)'인 것이다. 여성들이 너무나 좋아하는 저 다이아몬드도 우리말로는 금강석, 즉 돌인 것이다. 그리고 보니 얼마 전에 크게 화제가 되었던 운석도 결국은 돌이다. 그게 돈으로 치면 얼마라고 했더라? 270억이라고 했던가? 경제적 가치는 차치하고서라도 무릇 보석이라 불리는 돌들의 미학적 아름다움에 토를 달 사람은 없을 것이다. 나는 이름 때문인지, 태어나 처음 수정(크리스털)

이라는 보석을 봤을 때의 감동을 지금도 가슴 한 켠에 간직하고 있을 정도다. '아름답고 귀한, 따라서 값진 돌도 있을 수 있다'는 것을 그것들은 가르쳐준다.

이렇게 보니 저 하찮아 보이는 돌들도 하나의 철학적 존재로서 손색이 없는 것 같다. 그 아호가 저 돌과 무관하지 않다는 도올 김용옥 선생은 뭐라고 한 말씀 더 보태주실지 고견을 한번 들어봤으면 좋겠다.

돌의 철학(2)

돌을 위한 변명 제2탄. 생각해보니 돌에게는 또 이런 가치도 숨어 있었다. 이것을 제대로 알려주지 않으면 어쩌면 저 돌들이 좀 섭섭해할지도 모르겠다.

우리 같은 서생들은 직업이 직업인 만큼 책을 읽고 글을 쓰는 것이 생활의 기본인데, 두꺼운 책을 펼친 채 글을 쓸 때는 바람에 책장이 넘어가지 않도록 (특히 여름에는) '문진'이라는 것으로 책장을 눌러놓지 않으면 안 된다. 그런데 내가 사용해본 여러 종류의 문진들 중에 돌멩이만한 것이 없었다. 크기나 두께, 적절한 표면의 까칠까칠함까지, 돌멩이야말로 완전 '짱'이었다. 그래서 나는 지금도 시골 강변이나 개울가 같은 데로 놀러 갈 때면 습관적으로 '문진으로 쓸 만한 돌멩이가 어디 없을까' 하고 자갈돌들을 살펴보곤 한다. '돌멩이의 가치도 쓰기 나름'이라는 철학을 나는 그 하찮은 돌에게서 배운 것이다.

돌의 효용으로 치자면 또 저 '비석'이라는 것을 빠트릴 수 없다. 모든 죽음을 기념하는 저 비석의 가치는 새삼 논할 필요조차도 없다. 한 사람의 일생이 빈부귀천을 막론하고 결국은 하나의 돌로 남는 것이다. 왜 하필 돌일까? 너무나 뻔하다. 돌에 새기면 '변하지 않고 오래 가기 때문'인 것이다. 그것은 돌의 기본적인 덕이다. (인간들이 잘 갖지 못하는 덕이다.) 모든 무덤들 앞에 비석이 서 있다는 것은 사람들이 이미 그런 돌의 가치를 알고 있다는 말이다. 그것이 하나의 전제로 깔려 있는 것이다. 이러할진대 누가 저 무거운 돌의 가치를 가볍게 여길 수 있겠는가. 금강산을 비롯해 팔도 명승지 암벽에 옛사람들이 이름이나 시구를 새긴 이유도 결국은 같은 종류다.

우리의 조상들은 어쩌면 아주 오래전부터 이미 이런 돌의 기본가치를 잘 알고 있었던 게 아니었을까. 역사가 저 석기들과 함께 시작되었음을 상기해보라. 그리고 저 강화도의 고인돌도 생각해보라. 무엇보다도 우리를 압도하는 그 크기가, 그 거대함이, 그 스케일이 이미 그들에게는 어떤 '위대함'의 상징이었던 것이다. 어디 그뿐인가. 저 찬란한 돌의 예술을 남긴 신라인들은 또 어떠했는가. 석굴암을 비롯한 저 토함산과 경주 남산의 수많은 불상들, 불국사의 유명하고도 유명한 다보탑과 석가탑, 유려한 곡선의 포석정… 그 모든 것들이 다 돌인 것이다. 그 문화유산들은 그 모든 것이 돌로부터 유래한 것임을, 돌은 '온갖 위대한 문화의 가능적 원천, 아니 가능성 그 자체'라는 것을, 말하자면 몸으로 보여주고 있는 것이다. 돌이 돌탑이 되고 은이 은잔이 되듯, 훌륭한 결과물로서의 형상은 일견 별스러울 것 없어 보이는 가능성으로서의 질료, 재료 덕분에 비로소 가능할 수 있다는 철학을 그것들은 보여주는 것이다. (거기에는 이른바 아리스토텔레스의 원인 (aition)의 형이상학이 내재돼 있다.)

하찮은 돌을 위대한 문화로 변환시킨 것은 비단 신라인뿐만은 아니었다. 우리는 그런 돌의 문화를 세계 어디에서나 어렵지 않게 찾아볼수 있다. 그리스와 로마의 저 찬란한 문화도 돌이 없이는 불가능했다. 아테네의 파르테논 신전과 로마의 판테온은 말할 것도 없고 다비드상등의 질감은 돌이 아니면 흉내 낼 수 없는 것이었다. 보스턴에서 살때 미술관을 자주 갔었는데, 그때 내가 가장 좋아하던 것 중의 하나가새하얀 대리석으로 만든 아프로디테상이었다. 좀 과장하자면 그건 진짜 사람의 피부보다도 더 고왔다. 뾰루지 하나 없었으니까. 그리고 저칠레 이스터섬의 석상들과 영국 솔즈베리의 스톤헨지, 그리고 일본아스카의 소위 '이시부타이(石舞台)'는 심지어 신비의 그 무엇으로 남아 있다. 캄보디아의 앙코르와트도 마찬가지다.

각설하고, 그 모든 훌륭한 것과 위대한 것이 다 돌이었다. 돌은 그냥 돌로서 끝이 아니라는 것을 저 모든 것들이 묵직한 어조로 우리에게 말해준다.

어떨까? 이만하면 나에게 걷어차인 저 돌멩이를 위한 변명이 좀 된것일까? 돌멩이의 반응을 듣지는 못하겠지만 마지막으로 한마디만더 덧붙여두기로 하자. 이는 석공이었던 소크라테스의 아버지가 직접돌을 조각하면서 어린 소크라테스에게 남긴 교훈이라고도 전해진다. 아버지는 돌덩어리 하나를 놓고 아들에게 물었다. "이게 뭐냐?" 아들은 대답했다. "돌덩어리요." 아버지는 즉시 그것을 조각해 여신상을만들었다. 그리고 다시 물었다. "이게 뭐냐?" 아들은 대답했다. "여신이요." 아버지는 다시 그것을 조각해 악마상을 만들었다. 그리고 다시 물었다. "이게 뭐냐?" 아들은 대답했다. "악마요." 제법 유명한 에피소드다. 아버지는 아들에게 아마도 이런 것을 알려주고 싶었던 것이 아니었을까. 어떤 위대함을 간직한 돌들이라도, 거기 인간의 손이 닿지 못하면 언제까지나 돌은 그저 돌일 뿐, 아직 작품은 아니라는 것을. 그리고 인간은 돌을 그냥 돌로 둘 수도 있고 그 돌을 신으로 만들 수도 있고 또한 악마로 만들 수도 있다는 것을. 돌의 운명은 결국 인간의 손길에 달려 있다는 것을. 그런 점에서 인간은 그 돌의 결과에 대해 책임이 있다는 것을. 그리고… 인간도 인간의 삶도 역시 그 돌과 마찬가지라는 것을.

바위의 철학

 따져보면 특별할 것도 없긴 하지만 우리 집에는 자랑할 것들이 적지 않다. 그중 하나가 벽에 걸린 그림들이다. 그중에는 북한산 어느 계곡의 바위를 그린 것도 있다. 기량 있는 원로화가로 생전에는 국전에도 이름을 올린 우리 장인께서 직접 그리신 그림이다. 나는 솔직히 이 그림을 피카소의 「게르니카」보다도 훨씬 더 좋아한다.

 나는 한동안 북한산 자락에서 처부모님과 가까이 살며 행복한 시간을 보냈는데, 나나 장인어른이나 이 산을 참 자주 찾았었다. 그때의 한 장면이 한 폭의 명화로 남은 것이다. 그런데 나는 이 그림을 보고 있노라면 고매하셨던 장인의 인품이 느껴져 가슴이 먹먹해지기도 한다. 이 그림이 꼭 그분의 자화상 같은 느낌이 드는 것이다. 이 그림 속의 바위는 점잖게 말이 없다. 언제나 고요하다. 그러면서도 단단하다. 그것은 온갖 풍파를 견뎌낸 속 깊은 단단함이다.

생각해보면 시끄럽지 않다는 것은 그 자체만으로도 얼마나 큰 가치인지 모른다. 그것은 어디서나 귀가 먹먹한 소음에 시달리는 도시인이라면 누구나가 곧바로 인정하지 않을 수 없을 것이다. 그런 점에서 저 바위의 침묵과 고요는 그 자체로 하나의 미덕, 하나의 철학이 아닐수 없다. 내가 이 시에서 말하고 싶었던 것도 그런 것이다.

바위가 말하기를

어때?

인간사 차마 보기 민망한 날은
그냥
바위가 되는 게 어때?

머리도 눈도
귀도 입도
모두 벗어두고
바쁘던 팔 다리
다 접어두고
우두커니
그저 든든한 대지에 안겨
하나의 풍경으로 남으면 어때?

그래도 거기

아니

그래서 거기

새들도 쌍쌍이 날아와 놀고

이슬도 그리고 햇살도 맘껏 뒹굴고

고단한 바람도 날개 거두고

다같이 어울려 아름다울 텐데…

오늘은

세상 시끄러운 오늘 하루는

그렇게 우리

바위가 되어 좋으면 어때?

어때?

'인간사 차마 보기 민망한 날'이 어디 하루이틀인가. 일 년 365일 하루하루가 거의 매일 그렇다. 저녁 때 뉴스를 보고 있노라면 '세상 시끄러운 오늘 하루'가 아닌 날이 없다. 자동차나 기계의 소음들은 말할 것도 없고 주변의 사람들도 너무너무 시끄럽다. 요즈음은 왠지 음악조차도 시끄러운 것들이 많다. 그럴 땐 정말이지 인간들의 얼굴에서 입이라는 것을 아예 지워버리고 싶은 마음이 들기도 한다. (얼굴에도 컴퓨터의 자판처럼 'Delete' 키가 있었으면 좋겠다. 아니면 TV 리

모컨처럼 '조용히' 버튼이라도 있었으면 좋겠다.)

게다가 주변에는 웬 경박한 사람들이 또 그리 많은지…. 생각도 가볍고 입도 가볍고 처신도 가볍다. 선택과 결정조차도 가볍다. 어찌 보면 온 세상이 '참을 수 없는 존재의 가벼움'으로 가득 차 있다. 가볍더라도 깃털은 따뜻하기라도 하고 민들레 씨앗은 아름답기라도 하지. 인간들의 경박함은 그저 문제를 양산할 따름이지 않은가. 그런 문제에 부딪힐 때 나는 문득문득 저 그림 속의 묵직한 바위를 떠올리곤 한다.

바위는 언제나 점잖게 그 자리에 있으면서 고요하라고, 무거우라고 우리를 가르친다. 나는 거기서 어떤 '침묵의 철학', '신중함의 철학', '무게의 철학' 같은 것을 배우곤 하는 것이다. 내가 기회 있을 때마다 거듭 강조해왔듯이 '침묵의 말 없음'은 결코 무지의 증거가 아니다. 철학자 하이데거가 『존재와 시간』, 『언어로의 도상』 등에서 알려주듯이, 침묵은 때로 그 어떤 웅변이나 달변보다도 더 많은 의미를 담고 있는 언어의 형태이기도 하다. 어떻게 보면 '하늘'이 우리 인간에게 말하는 방식도 그런 것이다. 하늘에는 입이 없지만 만유의 오묘한 질서를 통해 하늘은 많은 이야기를 들려준다. 이를테면 봄의 개화, 가을의 결실도 그중 하나다. 행동으로 결과로 보여주는 것이 하늘의 말 없는 언어인 것이다.

바위는 꼭 그런 방식으로 우리에게 그의 말을 건넨다. 그는 비도 눈도 바람도 이끼도 마다하지 않는다. 맨몸으로 그것을 마주한다. 바위에게는 그런 '포용의 철학', '수용의 철학'이 있다. 그는 또 웬만한 힘에는 부서지지 않는다. 그는 그렇게 우리에게 단단하라고, 견뎌내라고 가르치는 것이다. 그에게는 그런 '강인함의 철학', '인내의 철학'이 있는 것이다. 약해빠진 요즘의 젊은이들에게는 이런 바위의 철학을 교양필수로 가르치는 게 필요할지도 모르겠다.

정치하는 분들의 가벼운 말과 처신이 걸핏하면 문제를 일으킨다. 정책이라는 것도 법이라는 것도 가볍기가 이루 말할 수 없다. 국회의 사당이나 정부청사 앞에도 커다란 바위를 하나씩 갖다 놓으면 어떠할까? 좀 나아지려나? 장인이 살아 계시면 국회용, 정부용으로 바위 그림을 한 두어 장 더 그려달라고 부탁드리고 싶은 요즈음이다.

숲의 철학

오랜만에 서울 동작동에 있는 국립현충원을 다녀왔다. 56구역에 묻혀 있는 어릴 적 친구 G를 찾아보는 것이 한 가지 목적이었고, 자동차 소음 없는 널찍한 곳에서 산책을 즐기고 싶은 것이 또 한 가지 목적이었다. 차가운 비석이지만 어쨌든 친구의 흔적이 있어 좋았고 호젓한 그곳의 분위기가 걷기에도 좋았다. 주변에서 신선한 숲의 향기도 번져왔다.

군 생활 중 뜻하지 않은 사고로 세상을 떠난 G와 나는 낙동강이 시작되는 A시에서 어린 시절을 보냈는데, 꿈 많은 청춘 시절에는 강둑에 앉아 이런저런 포부도 이야기하곤 했다. 그중의 한 토막이 떠올랐다. G는 언젠가 A시의 시장이 되겠노라 했다. 시장이 된다면 특별한 역사와 전통, 아름다운 자연, 우수한 인재로 이름난 그곳을 세계적인 명소로 가꾸어보고 싶다고 했다. 그의 구상들은 제법 구체적이기도 했다.

그의 그런 포부는 흘러가는 낙동강물의 반짝이는 윤슬처럼 함께 반짝였는데 원통하게도 그의 어이없는 죽음과 함께 묻혀버렸다. 주변에서도 알아주는 우수한 인재였던지라 그것은 얼마든지 현실이 될 수도 있는 터였다. 그가 살아 있었더라면 현실이 되었을 그의 꿈들…, 그 가운데는 '숲의 도시'라는 것도 끼어 있었다.

'숲의 도시'는 젊은 G와 내가 함께 공유하던 이상향이기도 했다. 숲과 도시의 공존, 그 터무니없는 꿈을 나는 아직도 꾸고 있다. 그 꿈을 내가 사는 서울에서 펼쳐보는 것은 불가능한 일일까? 서울은 산과 강을 지닌 대단히 매력적인 도시임에 틀림없으나 살아보면 드넓은 시가지에 마땅히 산책할 곳이 없음을 느끼지 않을 수 없다. 그럴 때 참으로 아쉬운 것이 숲의 부재다. 시장의 지휘하에 공무원들의 우수한 두뇌를 가동한다면 '숲의 도시 서울'은 결코 요원한 꿈도 아닐 것이다.

시민들의 접근성이 뛰어난 한강변만 숲으로 잘 꾸며도 강남북의 수십만 수백만 시민이 훨씬 더 건강하고 질 높은 생활을 즐길 수가 있다. 적절한 문화적 가게들과 결합한다면 관광의 명소로도 손색이 없다. 여의도, 반포, 잠실, 광나루, 뚝섬, 용산, 난지 등 부지가 없는 것도 아니다. 다만 거기에, 지친 도시인의 영혼을 보듬어줄 '나무'가 없는 것이다. 가장 큰 문제는 그것을 위한 아이디어가 없고 의식이 없는 것이다. 만일 부족한 '예산'이 문제라면, 기업이나 시민들로부터 한 그루씩 기증을 받으면 될 일이다.

시장이 판만 벌여놓으면 한 그루 아니라 몇 그루라도 기증할 시민은 넘쳐날 것이다. 거기에 '누구누구 나무'라고 이름만 붙여주면 된다. 자기 나무에 수목장을 허용하는 것도 좋은 방법이 될 수 있을 것이다. 지역별로 테마 숲을 만들 수 있다면 더욱 인기를 끌 것임에 틀림없다. 이를테면 여의도는 벚나무숲, 반포는 은행나무숲, 잠실은 느티나무숲… 하는 식으로. 20, 30년만 지나도 아마 한강변의 공기가 달라질 것이다. 노들섬이나 선유도가 제대로 된 숲으로 변모한다면 거기에 미술관 혹은 조각공원 같은 것을 짓는 것도 좋을 것이다.

내가 10년 세월을 살았던 도쿄만 해도 거목들로 가득한 숲들이 시내 곳곳에 적지 않았다. 역시 한때 주민으로 지냈던 독일의 하이델베르크와 프라이부르크도 거대한 숲으로 둘러싸인 도시였다. 바로 얼마 전 한 해를 살았던 미국의 보스턴에도 거목들은 그 도시의 불가결한 일부였고 그곳 풍경의 가장 돋보이는 부분이었다. 커먼웰스 애비뉴와 찰스강변의 숲길이 없는 보스턴은 상상할 수도 없다. 뉴욕 센트럴파크의 숲과 파리 교외의 뱅센 숲은 이미 세계적으로 그 명성이 높다.

서울은 이제 부인할 수 없는 세계의 일부가 되었다. 그 속에서의 삶도 이젠 세계의 기준을 따라가야 한다. 그러기 위해서는 배워야 한다. 세계의 도시들이 어떻게 그 '질'을 확보하는지. 도시와 나무, 도시와 숲, 그것은 이제 필수불가결한 결합이 되지 않으면 안 된다.

숲이 그렇게 우리 주변에 자리 잡게 된다면, 우리는 그 숲에서 휴식과 건강을 얻을 수가 있다. 그뿐만 아니라, 아주 자연스럽게 오묘한 자연의 이치들을 배울 수도 있다. 숲에는, 이를테면 이런 철학도 깃들어 있다.

내가 하버드에서 지낼 때였다. 하버드의 좋은 점들이야 하나둘이 아니겠지만, 나는 개인적으로 하버드 야드의 나무숲이 가장 마음에 들었다. '숲'이라고 하면 좀 과장일지는 모르겠으나 그 나무 그늘들이 충분히 햇빛을 가릴 정도는 되니 숲이 아니라고도 할 수 없겠다. 푸른 잔디로 뒤덮인 그 숲 그늘에는 무지개색으로 알록달록한 의자들이 무수히 아주 자유분방하게 놓여 있는데, 사람들은 혼자서 혹은 여럿이 그 의자를 차지하고 앉아 책을 보거나 토론을 하거나 혹은 식사를 하거나 하면서 그 특유의 아카데믹하고도 낭만적인 분위기를 즐기곤 한다.

언젠가 한국학연구소의 KS 교수와 그곳을 지나가면서 그 숲이 너무너무 좋다고 했더니, 역시 터줏대감답게 그 숲에 얽힌 내력을 들려주었다. 처음에 이 야드에는 느릅나무 한 가지 수종만이 심어져 있었다고 한다. 그런데 어찌된 영문인지 그중 하나가 병이 들었는데, 옆에 있던 나무들도 하나둘 같은 병이 들더니 모조리 말라죽게 되었단다. 우수한 전문가들이 다 모여 있는 곳이니 아마도 원인 규명을 위한 과학적인 분석이 있었으리라. 그래서 이번에는 느릅나무뿐만이 아니라 다른 여러 수종들을 사이사이에 골고루 배치해 심었다고 한다. 그랬더니 이번에는 병이 그렇게 번지지 않으면서 지금처럼 잘 성장하게 되었다는 이야기였다.

생물학, 식물학 쪽에는 무지한 편이라 그게 왜 그렇게 되는지는 모르겠으나, 뭔가 의미 있는 현상이라는 느낌이 바로 들었다. '서로 다른 개체들의 조화가 전체를, 그리고 결국은 그 전체 속의 개체를 건강하게 유지해준다.' 그게 내가 느낀 그 의미의 핵심이었다. 요컨대 '타(他)의 인정과 공존이 아(我)의 건전을 담보한다'는 '숲의 철학', 그런 철학을 저 숲이 가르쳐준 것이다.

그런 철학은 왠지 미국적인 가치와도 통하는 것처럼 느껴졌다. 미국이라는 나라는 다인종 이민사회라 어떤 점에서는 다양한 수종이 어울려 하나의 전체를 이루는 숲과 같은 곳이다. 언젠가 어디선가 들은 이야기지만 김대중 전 대통령이 처음 미국을 경험해보고 그런 소감을 피력했다고 한다. "미국이라는 나라는 그야말로 세계의 모든 인종과 문화적 배경이 다른 국민들이 모여서 살고 있는 사회인데 어떻게 그것이 이렇게 조화와 균형을 이루면서 원만히 굴러가고 있는지 참 신기하다"는 취지였다. 백번 공감한다. 참 신기하고도 재미있다. 처음 미국에 갔을 때는 다른 인종들이 뭔가 좀 서먹하기도 했는데, 금세 자연스럽게 어울리게 됐다. 내가 살았던 아파트만 해도 오대양 육대주의 삼색인종, 오색인종, 없는 게 없었다. 나도 그중의 하나로서 너무나 자연스럽게 거리를 활보했다.[11]

숲은 나무들이 모인 곳이다. 나무들이 모여서 숲을 이룬다. 거기엔 별의별 나무들이 다 있다. 숲은 그래서 더욱 아름답다. 숭고할 정도로 아름답다. 한번쯤 독일 슈바벤 지방의 슈바르츠발트(검은 숲)에 가본다면 이런 말에는 그 어떤 부연설명도 필요 없음을 곧바로 확인할 수 있다. 순천 선암사 뒤편의 은행나무숲도 또한 마찬가지다. 담양 죽녹원의 대숲도 만만치 않다. 그런 숲들은 각박한 현대의 삶을 살아가는 우리 인간들에게는 거의 구원에 가깝다. 그 옛날 고려시대의 사원들처럼 우리는 이제 우리들의 생활 주변에 그런 숲들을 세워야 한다.

'숲의 도시'를 함께 꿈꾸던 G가 오늘따라 너무 그립다.

---

11) 이 부분은 졸저 『진리 갤러리』에 게재된 것의 일부를 전재한 것이다. 주제 전개상 이 책에 포함시키는 것이 좋겠다고 판단했다.

나무의 철학

대학에 몸담고 이런저런 대외활동을 하면서 뜻밖에도 '미학'에 대한 사람들의 높은 관심을 발견한다. 철학에 대한 일반의 관심이 쇠퇴하는 안타까움 속에서도 그 일부인 미학이 그나마도 인기를 끈다는 것은 다행이 아닐 수 없다. (논리학, 윤리학, 미학은 철학의 3대 기초 분야에 속한다.) 물론 그 '미학'의 인기라는 것이 아름다움에 대한 순수 철학적인 이론이 아니라 미술작품을 비롯한, 아름다움과 관련된 것 전반에 대한 막연한 기대라는 것은 분명히 해둘 필요가 있다.

아무튼, 아름다운 것에 대한 관심은 아름다운 일임에 틀림없다. 나는 개인적으로, 넓은 의미의 미학성이라는 것이 (합리성과 더불어) 선진국의 필수조건 중 하나라고 믿는 편이다. 애매한 말이기는 하지만, 평균 이상의 아름다움을 갖지 못하는 나라는 선진국이 될 수 없다. 이것은 사람에도, 건물에도, 거리에도 다 해당한다. 그렇다면 우리들의 미학적 좌표는 대충 어느 정도에 있는 것일까?

이런저런 기회에 전국의 이런저런 곳들을 다니다 보면, 우리들의 주변세계가 놀라울 만큼 깨끗하고 아름다워진 것을 확인할 수 있다. 그것이 가슴에 와 닿는 순간은 흐뭇하고 행복해진다. (물론 그 반대의 경우도 적지 않지만.) 그런 행복의 한 부분에 나무가 있다.

나무는 존재 그 자체로 보는 이의 눈을 즐겁게 한다. 꼭 피톤치드가 아니더라도 나무를 보는 일 그 자체에 일종의 힐링이 있다. 나무는 아름답다. 나무의 아름다움은 한량이 없다. 잎도 가지도 너무나 다양해 어느 것 하나 같은 것이 없고, 관목, 교목, 침엽수, 활엽수, 어느 것 하나 아름답지 않은 것이 없다. 어디 모양만 그런가? 성실한 광합성으로 온 세상의 생명들에게 끝없이 산소를 공급해주는 그 마음씨는 더욱 아름답다. 우리들이 삶을 살아가는 이 지상에 나무들이 함께 살고 있다는 것은 명백한 축복이 아닐 수 없다. 생각해보면 나무는 그저 그냥 서 있는 것이 아니라 철학적으로 서 있다. 아니, 나무는 그 존재 자체로 이미 철학이기도 하다.

「A+」라는 제목의 시가 있다.

봄에는
산뜻한 새잎으로 아름답고
여름에는
무성한 녹음으로 아름답고
가을에는
화려한 홍엽과 쓸쓸한 낙엽으로 아름답고

겨울에는

비장하고 의연한 빈 가지로

그리고

또다시 봄을 기다리는 꿋꿋한 희망으로

아름답다

작품명 '단풍의 미학'

통(通)!

이 시는 한 그루의 단풍나무에게 최고의 성적을 부여해준다.

하나만 더 보자. 제목은 「연리목」이다.

혹시 아시는지, 그를 혹은 그들을

두륜산 대흥사 천불전 옆

아름드리 느티나무는 부처더이다

거대한 두 뿌리가 하나로 합쳐져

둘이면서 하나, 하나 된 둘이

하나라고

보라고, 둘이 아닌 불이(不二)가 이런 거라고

온몸으로 외치며 하늘 높이 솟구쳐 있더이다

오대양 육대주 모두 흩어져

남북으로 다시 동서로

좌우로 상하로 갈기갈기

아프게 찢기고 슬프게 갈라진 그대 인간들

모두 하나라고

모두 한세상 한평생 똑같이 고생하며 사는 인간들

손 맞잡으라고

그게 진리라고

하필 거기 법당 옆에 자리잡고서

긴긴날 호소하고 있더이다

그 연리목

오가는 중생들에게 같은 빛깔로

반야인 양 낙엽 떨구고 있더이다

이 시는 나무의 서 있음이 그대로 곧 하나의 설법임을 보여준다. 이렇듯 나무의 아름다움은 깊다. 깊어서 더욱 아름답다.

그런 나무가 어디 그 단풍나무와 느티나무뿐이겠는가. 벚나무, 버드나무, 은행나무, 소나무… 저 무수한 나무들은 모두 다 그렇게 안팎으로 아름답다.

중국 장가계의 까마득한 바위봉 꼭대기에서 빗물과 습기만 먹고 살아가는 소나무라든가, 일본 야쿠시마의 원시림에서 7천 년을 버텨낸 삼나무라든가, 미국 로키산맥을 뒤덮고 있는 수직의 폰데로사 파인들은 사실상 위대한 철인들의 명단에 함께 올려도 전혀 손색이 없다. 그 고고함, 그 당당함, 그 꿋꿋함, 그 꼿꼿함…. 거기엔 어떤 특별한 내적 아름다움도 깃들어 있는 것이다.

이렇게 보면 나무는 철학적 아름다움의 종합판이다. "내일 세상이 망한다는 걸 알지라도, 나는 오늘 한 그루의 사과나무를 심으리라 (Wenn ich wüsste, dass morgen die Welt unterginge, würde ich heute ein Apfelbäumchen pflanzen)"라고 말한 마르틴 루터도 나무의 이런 철학을 체득한 사람이었음에 틀림없다.[12]

---

12) 종교개혁으로 유명한 루터의 이 말은 흔히 스피노자의 말로 잘못 알려져 있다.

나무의 철학(2)

우리가 사는 이 지구상 곳곳에 '나무'라는 존재들이 자라고 있다. 우리 인간은 그 나무들과 함께 동거 중인 셈이다. 그들이 없이는 우리 인간들의 삶도 온전할 수 없다. 그들이 하는 일들을 철학의 눈으로 살펴본다. 그러면 거기서 '윤리적 존재'로서의 나무가 드러난다.

나무들은 우선 그 녹색과 갈색으로 사람들의 눈과 마음을 편안하게 해준다. 나무들은 또 부지런히 광합성을 해 탁한 이산화탄소를 거둬들이고 대신에 맑은 산소를 뿜어낸다. 그 산소로 인간을 비롯한 동물들은 호흡을 하고 생명을 유지한다. 나무는 또 까치를 비롯한 온갖 새들에게 둥지 틀 자리를 제공해준다. 또한 둥지로 쓸 잔가지도 제공해준다. 편백나무는 피톤치드를 뿜어 지친 심신들에게 힐링을 선사한다. 벚나무, 이팝나무, 아카시아를 비롯한 꽃나무들은 철따라 아름다운 꽃들을 피워 그것을 보는 이들의 얼굴에 웃음꽃을 피운다. 단풍나무와 은행나무는 가을의 세상을 노랗고 붉은 선경으로 물들여준다. 어떤 나무들은 겨울의 빈 가지에도 새하얀 눈꽃을 피워준다. 어떤 나무들은 폭우 때에도 굳건히 산을 지키며 산사태를 막아준다. 어떤 나무들은 방풍림을 이루어 거센 해풍도 막아준다. 소나무는 추석이 되면 송편을 위해 잎들을 내어주고 망개나무는 망개떡을 위해 그 잎을 내어준다. 사과나무, 배나무, 복숭아나무 등 온갖 유실수들은 맛있고 건강한 열매들을 해마다 끝도 없이 그 가지에 매달아준다. 바나나, 야자, 망고, 파파야 같은 열대나무도 마찬가지다. 또 올리브나무는 열매뿐만 아니라 기름도 내어준다. 벽오동은 여름날 소나기를 피할 수 있도록 그 커다란 잎을 우산 대신에 씌워준다. 느티나무는 무더운 여름에 시원한 그늘을 드리워준다. 고로쇠나무는 제 몸에 구멍을 뚫어 물을 내주고, 참나무 등은 버섯들에게 제 옆동을 내어준다. 버드나무는 아스피린에게 약효를 제공해주고 은행나무는 혈액순환개선제를 제공해준다. 뽕나무는 누에들에게 제 잎을 먹여서 이윽고 실크를 뽑아낸다. 어떤 나무들은 특별히 아름다운 자태로 정원을 꾸며준다. 어떤 나무들을 길거리에 늘어서 가로수가 되어준다. 또 어떤 나무는 원숭이들을 위해 놀이터가 되어준다. … 나무의 선행에는 한계가 없다.

이러니, 나무가 없는 존재의 세계를 과연 상상이나 할 수 있는 것일까?

그런데 지구상 도처에서는 수많은 나무들이 인간의 도끼나 톱으로 쓰러진다. 그리고는 잘리고 깎여 가공된다. 그 나무의 그 다음 모습을 역시 철학의 눈으로 추적해본다. 그러면 거기서 숭고한 '희생자'로서의 모습도 드러난다.

어떤 나무는 이쑤시개로 탈바꿈한다. 덕분에 우리는 개운한 기분으로 식당을 나선다. 어떤 나무는 연필이 되어 작가 김훈의 손에 쥐어진다. 덕분에 우리는 『칼의 노래』와 『현의 노래』를 듣게 된다. 또 어떤 나무는 젓가락이 되고, 덕분에 우리는 손가락을 더럽히는 일 없이 음식을 입에 넣는다. 어떤 나무는 회초리가 되고, 아이는 조금씩 철이 든다. 어떤 향나무는 효자손이 되고 우리의 가려운 등이 시원해진다. 또 어떤 것은 의자가 되고 우리의 엉덩이와 허리가 편해진다. 어떤 것은 테이블이 되어 단란한 가족들을 모이게 하고, 어떤 것은 책상이 되어 그 위에 지식과 지혜들을 올려놓는다. 어떤 것은 침대가 되어 포근한 잠과 부부의 금슬을 선사해주고, 어떤 것은 장롱이 되어 이불과 옷들과 양말들을 깔끔하게 정리해준다. 어떤 것은 선반이 되어 꿀단지를 지켜준다. 또 더러는 도마, 주걱이 되어 맛있는 요리를 만들어주고 뜨거운 밥을 안전하게 그릇에 담아주기도 한다. 또 더러는 공원의 벤치가 되어 연인들에게 로맨틱한 추억도 만들어주고, 더러는 문짝, 기둥, 마루가 되어 수많은 사람들에게 안락한 우리 집을 만들어준다. 더러는 계단이 되어 2층, 3층도 쉽게 올라가게 해준다. 또 편백나무는 욕조가 되어 그 그윽한 향기로 기분 좋은 목욕을 선사해준다. 어떤 나무는 원두막이 되어 여름날 수박과 참외 맛을 한껏 돋우어주고, 혹은 정자, 누각, 또는 그 현판이 되어 선비와 나그네들에게 시심을 불러일으키기도 한다. 혹 운 좋은 친구는 목탁, 탑, 불상이 되어 경배의 대상이 되기도 하고, 십자가가 되어 거룩한 이의 신화의 일부가 되고, 더러는 크리스마스트리가 되어 만천하 어린이들에게 아름다운 꿈을 주기도 한다. 혹은 절구나 물레방아가 되어 곡식을 빻고, 혹은 야구 배트가 되어 멋진 홈런을 날리기도 한다. 배나 노가 되는 친구도 있다. 그 덕에 우리는 호수나 바다에 나가 고기도 잡고 여행도 즐긴다. 또 어떤 닥나무는 제 몸을 녹여 종이를 만들어준다. 그들은 인간에게 온갖 서류와 책들을 제공한다. 어떤 나무는 와인을 위해 코르크를 제공하고 오크는 역시 와인을 위해 술통이 된다. 대나무는 자리도 되고 소쿠리도 되고 베개도 된다. 그들 덕에 여름 한 자락이 시원해진다. 아, 그리고 참나무들은 때로 장작이 되고, 덕분에 우리는 따뜻한 난로 앞으로 앉게 된다. 그리고 숯도 된다. 그래서 우리는 맛있는 불고기와 바비큐를 즐길 수 있다. 나무는 마지막 한 토막까지 제 몸을 불살라 인간에게 바쳐주는 것이다. 한도 끝도 없다. 이 모든 것이 다 나무의 변신들이다.

이런 것을 보고도 거기서 '베풂의 철학', '희생의 철학'을 배우지 못한다면 그건 머리가 나쁘거나 마음이 모질거나, 둘 중 하나다. 나무는 참으로 위대한 희생정신의 소유자가 아닐 수 없다.

그런 나무가 온 지구의 표면을 덮고 있다. 인간의 영토에 못지않은 저 '나무의 영토'를 한번 생각해보라. '지구의 진정한 주인은 나무'라고 하는 사실을 나는 거듭 강조해왔다. 나무는 우리 인간들뿐만 아니라 지구 전체를 위한 엄청난 축복이 아닐 수 없다. 이런 사정들을 제대로 안다면 우리는 정말이지 나무에게 감사하며 머리를 숙이지 않을 도리가 없다. 나무의 선물인 이 종이 위에 그 고마움의 뜻을 적어둔다. 엄청난 신세를 진 인간들의 대표로.

뿌리의 철학

언제부턴가 우리 집 식탁에서는 밥이 사라졌다. 건강제일주의인 아내가 밥 대신 고구마나 감자를 거의 주식으로 삼고 있기 때문이다. 밥은 바깥에서 먹는 걸로 충분하다는 게 주방의 권력자인 아내의 주장이다. 나나 딸들이 고구마나 감자를 싫어하지 않는 게 천만다행이기는 하다.

그런데 어느 날 인터넷을 뒤적이다가 우연히 '감자꽃'이라는 사진을 보게 되었다. 시인으로서의 감각 때문일까? 마음속에 미묘한 파문이 일었다. 아하, 감자에게도 꽃이 있었구나. 모르던 바는 아니었지만 어떤 새삼스러운 인식이라고 할까? 그런 것이다. 예전에 시장에서 고구마 줄기라는 것을 사다가 무쳐 먹었을 때도 그와 비슷한 느낌이 있었던 것 같다. 그렇다. 감자나 고구마나 우리가 알고 있는 그 둥글고 길쭉한 것이 다는 아니었던 것이다. 우리가 즐겨 먹는 그 둥글고 길쭉

한 것들은 감자나 고구마라고 통칭되는 한 식물의 일부, 즉 뿌리 부분인 것이다. (물론 감자는 학문적으로는 뿌리가 아니고 땅속줄기의 마디가 비대해진 것이라고 설명되지만, 땅속에 묻혀 있는 식물의 아랫부분인 이상 일반적 관념으로는 넓은 의미의 뿌리로 간주해도 별 상관은 없다.) 그 뿌리가 그 식물의 전체를 대표하는 것이다. 물론 그 대표성이 맛있고 몸에 좋기 때문인 것은 말할 필요도 없다. 생각해보면 그런 것들이 제법 많다. 연근도 그렇고 우엉도 그렇고 토란도 그렇다. 더덕도 도라지도 마찬가지다. 인삼을 비롯한 한약재들은 더욱 그렇다.

그런데 이런 애들은 그래도 팔자가 좋은 편이다. 사람들에게 특별한 취급을 받고 특별한 사랑을 받고 있으니 말이다. 같은 뿌리이면서도 일반적인 식물의 뿌리들은 사람들의 관심 밖으로 밀려나 있다. 땅속에 묻혀 있고 가려져 있기 때문이다. 나는 문득 그것들을 들추어내 조명을 비춰주고 싶어졌다. 땅속에서 묵묵히 제 역할을(어떤 점에서는 결정적인 역할을) 하면서도 어둠에 묻혀 시선도 받지 못하는 것이 도무지 남의 일 같지가 않다. 가정에서든 직장에서든 국가에서든 우리 주변에는 그런 사람들이 얼마나 많이 있는가.

아닌 게 아니라 '뿌리'라는 게 없다면, 있더라도 제 역할을 제대로 하지 않는다면, 이 세상에 살아남을 식물은 없다. 뿌리는 생명의 원천이다. (아니 어떤 점에서 그것은 만유의 원천이다. 철학자 엠페도클레스가 자연의 근원(arche)으로서 땅(흙), 물, 불, 바람(공기) 네 가지를 들고 그것을 '뿌리(rhizomata)'라고 부른 것도 그런 인식에 따른 것이었다.) 근원이니 근본이니 근거니 하는 말들에 보이는 '뿌리 근(根)'

자도 다 그 중요성을 상징하는 것이다. 수년 전 대만의 화련에 갔을 때 수 미터의 바위를 타고 내려가 그 밑에 있는 흙을 찾아 뿌리를 박은 이름 모를 어떤 식물을 보고 경이를 느낀 적이 있었다. 또 중국의 장가계에 갔을 때 하늘 높이 솟은 까마득한 바위산 꼭대기에서 자라는 나무를 보고서도 감탄을 한 적이 있었다. 천 길 낭떠러지의 바위를 움켜쥐고 있는 그 뿌리의 힘은 얼마나 강인한 것인가. 미국 애리조나의 황야에서 자라는 사보텐의 뿌리도 마찬가지다. 우리는 그런 강인한 생명력을 저 뿌리로부터 배우지 않으면 안 된다. 더욱이 뿌리는 본능적인 감각으로 물과 영양을 찾아나간다. 식물에게는 그것이 곧 절대선이다. 그런 선의 지향도 우리는 배우지 않으면 안 된다. 저 뿌리들은 무엇이 좋은 것이며 무엇이 필요한 것인지를 잘 알고 있다.

우연히 읽은 한 저명한 원로 목사님의 글에서 "뿌리가 밖으로 드러나려 하여서는 안 된다. 뿌리는 항상 흙 속 보이지 않는 자리에 묻혀 있으면서 나무를 지탱하여준다"는 말을 발견했다. 평범한 듯 보이는 말이지만 나는 무릎을 쳤다. 바로 이것이 뿌리의 덕이 아닌가. 그것이 묵묵히 어두운 땅속에서 제 역할을 하는, 즉 물과 영양을 흡수해 줄기와 잎으로 보내주고 꽃도 피우고 열매도 맺게 해주는, 뿌리의 말없는 철학이 아닌가. 그러다 보면 그중 더러는 고구마나 감자처럼 그 자체가 결실이 되기도 한다. 참 아름다운 자세요 숭고한 태도가 아닐 수 없다.

스스로 드러나려 하면, 그래서 밝은 땅 밖으로 나오면 뿌리는 곧 말라서 죽게 된다. 그 식물 전체를 죽게 만든다. 그래서 뿌리들은 말없이 땅속에 묻혀 있다. 우리 주변에 그런 뿌리 같은 사람들이 얼마나 많이 있는가. 우리는 한번쯤 철학자나 시인의 눈으로 그 땅속을 투시해보지 않으면 안 된다. 그러한 '봄'과 '드러냄'이 바로 철학이나 시의 덕목이기도 한 것이다. 내가 전공한 현상학의 핵심도 '봄(Sehen)'과 '드러냄(Erscheinen-lassen)' 그것이었다.

이른바 '리좀'(根莖, 뿌리줄기)이라는 것을 학문적으로 부각시켜며 "이분법적인 대립에 의해 발전하는 서열적이고 초월적인 구조와 대비되는 내재적이면서도 배척적이지 않은 관계들의 모델"로 삼은 20세기 프랑스 철학자 들뢰즈와 가타리도 아마 이런 뿌리의 철학을 잘 알고 있었음에 틀림없다. 더욱이 그들은 뿌리들 각각의 독립성과 복합성을 '리좀'이라는 다소 어려운 단어로 상징해 보여주고자 했다.

남들이 알아주거나 말거나 오늘도 이 세상에는 무수히 많은 뿌리들이 땅속에 뿌리를 박고 열심히 성실하게 버티면서 영양을 탐색하고 있을 것이다. 나는 그런 뿌리들을 존경한다. 어떠한 꽃도 열매도 뿌리가 없으면 그 존재를 상실한다. 뿌리의 존재는 안중에 없이 그저 꽃과 열매만을 탐하는 사람들이 특히 새겨보아야 할 진리가 아닐 수 없다.

향기의 철학

'원인은 수줍게 숨어 있고 결과는 분명히 드러내는 것. 그런 점에서 향기는 문화와 미학을 넘어 윤리가 된다.'

주말이다. 그리고 가을이다. 게다가 여기는 전 세계의 수많은 관광객들이 일부러 찾아오기도 하는 보스턴이다. 책상에 앉아 연구만 하자니 뭔가 이 시간과 장소에게 미안한 생각이 들었다. 해서 과감하게 책을 덮고 거의 유일한 취미이기도 한 산책에 나섰다.

찰스강을 향해 프랭클린 스트리트를 걸으며 보니 나뭇잎들이 제법 노랑과 빨강으로 물들어 남아 있는 초록과 너무나도 예쁘게 어울린다. '컬러풀(colorful)'이라는 단어가 실감이 난다. 잠시 눈이 행복해진다. 강변 곳곳에는 독일에서 익숙했던 카스타니엔(서양밤나무) 열매들과 도토리들이 지천으로 흩어져 있고, 그 사이를 커다란 은빛 스쿼럴(squirrel)들이 탐스러운 꼬리를 흔들며 바쁘게 돌아다닌다. 정말이지 어디서 카메라의 셔터를 눌러도 그대로 한 장의 그림엽서가 된다.

어디선가 갑자기 한 줄기의 꽃향기가 바람에 실려 온다. 아, 이건 혹시 금목서? 그렇구나. 너의 계절이구나. 눈을 둘러 주변을 살펴봤으나 잘 찾아지지 않는다. 하기야 이 꽃 자체는 애당초 눈에 잘 띄지 않는다. 모양보다는 향기로 승부하자는 것이 이 꽃이다. 나는 그런 점에서 이 금목서라는 친구를 높이 평가한다. 봄과 여름을 장식하는 아카시아, 라일락, 그리고 장미도 향기에서는 모두 내로라하지만 금목서는 스스로의 모습을 잘 드러내지 않는다는 점에서 또한 윤리적이다. 물론 미학적으로도 그 향기는 전혀 뒤지지 않는다. 좀 지나친 과찬인가? 하지만 철학자나 시인이 그런 숨은 미덕을 봐주지 않으면 또 누가 그것을 알아주겠는가.

생각해보면 이 향기라는 것은 참 묘하다. 인간의 오감인 색(色), 성(聲), 향(香), 미(味), 촉(觸)은 각각 안(眼), 이(耳), 비(鼻), 설(舌), 신(身)에 대응하는데, 가운데 낀 이 향은 다른 것들에 비해 상대적으로 좀 가려져 있는 감이 없지 않다. 다른 네 가지 감각은 탈이 날 경우 곧바로 심각한 장애가 발생하지만 냄새를 못 맡는 것은 특정 직업인을 제외하고는 그렇게까지 심각한 장애가 되지는 않는다. 없다고 큰일 날 것은 아니지만 있다면 없는 것보다 분명히 좋은 것, 그런 점에서 '향기'라는 이 감각은 좀 문화적이라고도 할 수 있겠다.

문화국가로 이름 높은 프랑스에서 향수가 발달한 것은 그런 점에서 우연은 아닌 것 같다. 물론 그렇다고 저 그로테스크한 소설『향수』같은 것까지 두둔할 생각은 없다. 과유불급, 지나친 것은 모자람만 못하다고, 향수 내지 향기의 과잉은 사람들에게 불쾌감을 주는 경우도 적지가 않다. (엘리베이터를 타고 지독한 향수 냄새에 코를 막아본 적이 있는 이는 이 말을 이해하리라.) 하지만 그 지나치지도 않고 모자라지도 않은 적절한 수준의 향기는 감각적 존재로서의 인간에게 상당한 축복임을 부인할 수 없다. 없어도 큰 상관은 없지만 있다면 있는 만큼 뭔가 좋아지는 그 어떤 인간적 노력의 성과를 나는 '문화'라고 이해한다. 그것은 '기본 플러스 알파'의 그 '알파'에 해당하는 것이다. 자연 속의 향기 자체는 그런 점에서 인간과 세상에 주어진 신의 문화적 선물인지도 모르겠다. (자연과학적인 향기의 역할은 일단 논외로 한다.)

중국의 고전소설 『홍루몽』에 보면 여주인공인 임대옥의 시구 "花謝花飛飛滿天 紅消香斷有誰憐(꽃은 져서 하늘 가득히 나네. 붉음과 향기 사라지고 끊어지면 누가 있어 슬퍼해주려나)"를 비롯해 향기에 관한 언급이 도처를 장식한다. 일본의 고전소설 『겐지이야기』에도 궁중의 귀족들이 향료를 배합해 새로운 향을 만드는 놀이를 하기도 하고 그런 향기 중의 어떤 것은 남녀의 인연(특히 히카루 겐지와 후지츠보)을 이어주는 한 특별하고도 결정적인 소재로 작용하기도 한다. 아마도 '향기'라는 요소를 빼버린다면 이 고전들의 가치는 상당히 낮아질 것이다. 그렇듯, 그 존재로써 무언가의 수준을 드높일 수 있는 문화적 장치, 그것이 바로 향기인 것이다. ("향 싼 종이에서 향내 나고 생선 싼 종이에서 비린내 난다" 같은 교훈은 또 다른 의미에서 문화적이다.)

내가 한국에서 근무하던 대학의 현관 근처에도 금목서가 한 그루 있었다. 이 무렵이었다. 교양 강의를 위해 그 건물을 나설 때면 이 친구가 그윽한 향기로 나의 온몸을, 아니, 온 영혼을 감싸주었다. 행복했다. 그 행복의 크기만큼 나는 늘 그 나무에게 감사했다. 하지만 그를 쳐다보는 일은 드물었다. 그는 자기의 꽃을 과시하지 않았으니까. 원인은 스스로를 과시하지 않으면서 결과는 분명히 알려주는 것, 그것은 저 탁월한 존재론자 마르틴 하이데거가 말한 '진리' 개념과도 통하는 것이었다. 진리에는 감춤과 드러남의 양면이 있다고 하이데거는 지적했다. 자기를 드러내지 않으면서 베푸는 것, 그것은 또한 "오른손이 하는 일을 왼손이 모르게 하라"는 저 예수의 숭고한 '손의 철학'과도 통하는 것이고, "물은 만물을 이롭게 하면서도 다투지 않고 뭇사람이 싫어하는 낮은 곳에 처한다"는 저 노자의 '물의 철학'과도 유사한 것이다. 그런 점에서 저 금목서의 향기는 윤리적, 철학적, 종교적인 향기인지도 모르겠다.

가을이다. 이런 글을 쓰고 있는 걸 보니 가을은 분명 사색의 계절임에 틀림없다. 이 글에도 저 금목서의 향기가 조금쯤 배어 있다면 좋겠다.[13)]

[P.S.] 향기는 때로 훌륭한 인간, 인품, 영혼의 문학적, 철학적 상징이 되기도 한다. 그런 것들은 시공을 초월해 직간접적으로 서로 연결되면서 하나의 인연을 이루기도 한다. 이 시가 좀 참고가 될지도 모르겠다.

---

13) 이 글은 졸저 『진리 갤러리』에 게재된 것을 일부 수정 가필해 전재한 것이다. 주제 전개상 이 책에 포함시키는 것이 좋겠다고 판단했다. 미국에서 쓴 것임을 감안하기 바란다.

향기의 인연

꽃다이 부는 바람 속
향기로 남은 어느 영혼이 문득
눈짓하며 웃으며
나그네처럼 허공을 지나간다

하늘은 세월도 접은 채
맑고 푸르다
그 푸르름 사이…
닫힌 시간의 문이 살며시 열려
아아 일순의 빛으로 다가온다

백합처럼 살았던
어느 그의 백년 전
국화처럼 살았던
어느 그의 천년 전
그는 그
나는 나

서로의 삶은 다를지라도
그의 향기는
시간의 틈새를 굽이굽이 강처럼 돌아

나의 국화로

나의 백합으로

환생한다

향기와 향기가 잇는

오직 삶의 향기로 하나 되는

동서남북

옛날과 더 옛날 또 더 옛날

아득한 시방세계의 그윽한 미소로 피는

억겁의

인연

꽃다이 부는 바람 속

그의 것으로

나의 것으로

세월과 삶을 가로지르며

마냥 그윽한 한 줄 향기는

유유히

이리도 곱게 흐르고 있다[14]

14) 『철학과 현실』 제66호(2005)에 발표.

풀의 철학

　지나온 삶의 시간들을 되돌아보면 누구든 어떤 특별한 인상으로 남아 있는 장면 혹은 풍경들을 떠올릴 것이다. 나에게도 그런 것들이 무척이나 많다. 그중의 하나. 나는 이따금씩 대학생 때 난생 처음 제주도로 여행을 갔던 일이 떠오른다. 그때 같이 갔던 친구의 제안으로 서귀포의 한 널찍한 풀밭에서 텐트를 치고 야영을 한 적이 있었는데, 그곳은 내륙에서는 좀처럼 볼 수 없는, 정말 특별한 장관이었다. 할 수만 있다면 말이라도 달리고 싶은 넓이, 단순한 푸르름의 미학, 그런 것이 거기 전개돼 있었다.

　더욱이 그곳은 제주도가 아닌가. 당연한 듯 바람이 불었다. 제법 길게 자란 풀들이 바람과 함께 춤을 췄다. 그런 장면을 나는 그 후 미야자키 하야오 감독의 애니메이션에서 자주 만나기도 했다. 때로는 내 고향 낙동강변과 동네 한강변의 풀밭이 언뜻언뜻 겹쳐지기도 했다.

하여간 아름다웠다. 풀들은 바람과 어우러져 멋진 협연을 펼치는 것 같았다. 그때의 인상이 기억 속에서의 숙성을 거쳐 그 후 한 편의 시로 남았다.

풀의 초록빛 철학

나면서부터 이미
누구는 비단 위에 눕고
누구는 짚단 위에도 눕지 않더냐
애당초 삶이란 그러한 것
부디
비단과 짚단으로 속 태우지 마라
누구에게는 비단도
짚단과 같고
누구에게는 짚단도
비단과 같다

강가의 풀은
말없는 푸름으로 땅을 덮는다
저 풀처럼
너는 너의 바람을 맞으며
묵묵히 너의 시간들을 헤쳐나가라
그게 언젠가

푸르른 저 고요에 다다르는 길

강가엔 자주 바람이 불고
풀이 눕고, 일어서고
다시 눕고, 또 일어선다

풀은 늘
푸르게 눕고
푸르게 일어선다

미리 말해두지만 그때는 내가 김수영과 그의 「풀」을 제대로 알기
전이었다. 이 시가 그 대단한 그의 그것과 엇비슷하다면 그 또한 대단
한 영광이 아닐 수 없다. 바람에 굴하지 않고 끝없이 누웠다가 일어서
는 풀을 노래한 김수영은 아마도 정치적 폭압에 굴하지 않는 민초들
의 저항을 전제로 그의 시를 썼겠지만, 나는 솔직히 그런 감각은 별로
없었다.

나는 눕고 일어서는 풀들로부터 각자가 겪는 삶의 시련에 대한 어떤
'유연함의 철학', '재기의 철학', 그리고 무엇보다도 꿋꿋이 견지되는
'싱싱함의 철학', '푸르름의 철학', 그런 것을 배웠다. 세상이라는 곳
에서 인생이라는 것을 살다 보면 우리는 천지사방에서 바람을 만나게
된다. 때로는 산들바람, 때로는 폭풍, 별의별 힘든 일들이 다 생겨나는
것이다. 주변을 보면 적지 않은 사람들이 그 바람에 꺾이기도 하고 혹
은 날아가버리기도 한다. 그런 경우들을 보면 나는 가슴이 아프다. 그

럴 때, 그렇게 힘들 때, 저 풀의 철학이 우리에게 다가오는 것이다. 풀은 우리에게, 자신의 온몸을 흔들면서 가르쳐준다. 나처럼 하라고. 풀처럼 하라고. 그렇게 잠시 누우라고. 바람은 금방 지나간다고. 그리고 다시 일어서라고. 그래도 바람은 또 불 거라고. 그러면 또 누우라고. 그러면서도 너의 그 푸르름은 잃지 말라고. 그러는 사이에도 너는 자라게 된다고. 그 사이사이에 삶의, 존재의 의미가 있는 거라고.

하나의 법칙이 될 수 있을지는 모르겠지만 '바람을 만난 풀은 눕게 된다'는 것과 '누운 풀은 다시 일어나게 된다'는 것은 어떤 확실한 경향성을 지닌 준법칙이라고 볼 수 있지 않을까. 어떠한 바람에도, 심지어 나뭇가지가 부러지는 강풍에도 풀은 유연하게 누움으로써 뽑히지 않고 그 몇 안 되는 뿌리로 대지를 꽉 움켜쥐면서 꿋꿋이 버티는 것이다. 그리고 끝없이 다시 일어서는 것이다. 그러면서도 그 푸르름을 잃지 않는 것이다. 이런 게 풀의 미덕이 아니고 무엇이겠는가. 이런 게 곧 철학이 아니고 무엇이겠는가.

그게 또 다도 아니다. 이런 말을 하면 좀 이상하게 들릴지 모르겠지만, 나는 풀이라면 잡초들까지도 다 좋아하는 편이다. 물론 농부나 정원사에게는 골칫거리겠지만, 이를테면 시골 길가나 들판에 자라난 잡초들은 문제될 게 없다. 나는 그런 것들을 좋아하는 것이다. (야초나 들풀이라고 부르면 이미지가 좀 달라지려나?)

풀들에게는 참 배울 것이 많다. 그것들은 대체로 나지막해서 땅을 긴다. 하지만 당당한 초록의 일부로서 대지의 장식에 참여한다. 클로버나 질경이 같은 것이야 좀 예외겠지만, 다른 것들은 도대체 이름이라는 것이 있는지 없는지도 잘 모른다. 그만큼 그것들은 하찮은 존재다. 그런데도 정작 본인들은 괘념치 않는다. 인간들의 주목이나 평가는 아랑곳없다. 때와 장소도 가리지 않고 제멋대로 자라난다. 그들은 그냥 자신들의 주어진 생명에 최선을 다한다. '내가 어때서', '여기가 어때서', '이런 게 어때서', 풀에게는 그런 풀 나름의 철학이 분명히 있어 보인다. 괘념치 않음, 아랑곳없음, 최선을 다함, 당당함, 살고자 함, 이런 것들도 해석하기에 따라서는 다 '철학'이 된다. 무엇보다도 풀들의 생명력, 번식력은 알아줘야 한다. 밟아도 뽑아도 되살아난다. 그런 불굴의 자세는 '삶에의 맹목적 의지'라는 저 쇼펜하우어의 철학을 연상시킬 정도다. 그들의 매력은 이런 점에 있다.

더욱이 그들은 자유분방, 각양각색, 개성만점. 가만히 살펴보면 그 모양들도 다 제각각이다. 게다가 어떤 것들은 화초로도 별 손색이 없을 만큼 예쁘기도 하다. 꽃이 필 때는 더할 나위 없다. 제가끔 나름대로 한 가닥은 한다. 특히 개망초 같은 것은 보기에 따라 안개꽃과도 견줄 만하다. 강아지풀은 또 얼마나 귀여웠던가. 억새풀은 요즘 거의 꽃 대접이다. 개중에는 귀하신 나물들도 있다. 달래, 냉이, 씀바귀, 쑥… 그런 것들이 다 함께 자라나 어우러지며 이른바 풀밭이라는 풍경을 이루기도 한다. (이른바 초원도 그 연장이다.)

나는 개인적으로 르누아르와 마네를 엄청 좋아하는데, 그들의 그림 「풀밭 사이 오솔길을 올라가는 여인」과 「풀밭 위의 점심」에도 그런 풀밭 풍경이 등장한다. 그 풀밭은 결국 풀들의 풀 철학이 종합적으로 어우러지며 만들어낸 작품과도 같다. 작품에도 등장하는 저 풀밭이란 작품들, 그것을 연출하는 저 풀들에게 나는 한 사람의 철학자로서 눈웃음이 실린 박수를 보내고 싶다.

화원의 철학

우연히 켠 라디오에서 「꽃밭에서」라는 동요가 흘러나왔다.

"아빠하고 나하고 만든 꽃밭에 채송화도 봉숭아도 한창입니다. 아빠가 매어놓은 새끼줄 따라 나팔꽃도 어울리게 피었습니다~"

잘 몰랐었는데 아동문학가 어효선의 시에 권길상이 곡을 붙여 만든 노래라고 한다. 참 오랜만이다. 오랜만이라 더욱 그런지 그 노래를 열심히 부르던 어릴 적 생각이 났다. 우리가 어렸을 때는 집에도 학교에도 그런 꽃밭이 꼭 있었다. 거기엔 대개 채송화, 봉숭아, 나팔꽃, 그리고 맨드라미, 분꽃, 금잔화 등등이 하나 가득 피어 있었고, 여름에는 수국과 해바라기, 가을에는 국화와 코스모스 같은 것들도 한 자리를 차지했다. 나는 계집애 같다는 소리를 듣기 싫어서 별로 내색을 하지는 않았지만 사실은 그 꽃들이 너무 좋았다. 그런 마음이 가슴 한켠에 남아 훗날 이런 시를 쓰기도 했다.

수수께끼 또는 무지개 화석

내 가슴속 깊은 곳
보물처럼 간직해온 화석이 있다

그것은 아주 오래 전
내가 아직은 키작은 해바라기였을 때
시간은 그저 아침에서 저녁으로만 맴돌고
흐르지 않았을 때
지금은 죽고서 없는 어린 경호가
어린 옥이에게 줄 나무칼을 깎고 있었을 때
채송화와 나팔꽃과 분꽃들이
꿈속에서 밤새도록 피고 또 필 때
아마 그때쯤

어디선가 민들레 꽃씨처럼 날아와 살포시
내 가슴속에 자리잡은 것
세월 속에 묻혀서 어느덧
화석이 된 것

아이가 소년이 되고
소년이 청년이 되고
이윽고 흰머리 바람에 날려도 내내

변하지 않는 것

풀잎에 맺히는 수정 같은 것
죽어도 뼛속에 남아 반짝일… 그것!

수수께끼니까 답을 말하면 재미없지만 '그것'은 사실 무지개 같은 칠색 영롱한 시심이었고 꿈이었고, 아름다운 것에 대한 순수하고 투명한 사랑이었다. 저 시에 그 꽃밭의 꽃들이 등장하는 것은 우연이 아니었다. 그 꽃밭에는 꽃들과 함께 그런 사랑과 꿈과 시심도 어울려 피어 있었던 것이다. 무릇 꽃이란 그런 것이다. 꽃 치고 예쁘지 않은 것은 전혀 없다. 풀꽃도 야생화도 다 예쁘다. 심지어 가끔씩 놀림의 대상이 되는 호박꽃도 실제로 예쁘지 않은 것은 절대 아니다. "호박꽃도 꽃이다"라는 말에도 말하자면 그런 인정이 깔려 있는 셈이다. 그 누구도 꽃을 보고 인상을 찌푸리지는 않는다. 거기다 일부러 침을 뱉지도 않는다. 그런 현상에도 엄연한 하나의 진리가 있다. 존재에는 아름다운 것들이 있고 인간은 그런 아름다운 것들을 아름다운 것으로 인식한다는 진리.

꽃밭은 우리에게 그런 아름다운 것들의 세계, 아름다움의 세계가 있다는 것을 알려준다. 거기엔 비록 제가끔 다 다르지만 각자의 아름다움을 지닌 것들이 모여 있다. 모여서 하나로 어우러져 있는 것이다. 취향에 따른 선호는 있지만 백합이나 장미가 채송화나 봉숭아보다 더 잘난 체하는 것은 본 적이 없다. 다 같이 사이좋게 피어 있다. 우아한 모란도 수국도 마찬가지다. 꽃밭에는 그런 조화의 철학이 존재하는 것이다. 평등의 철학, 공존의 철학, 어울림의 철학이 존재하는 것이다. 사람들은 저 꽃밭에서 그런 철학을 좀 배워야 한다. 세상에는 저만 잘났다고 뻐기는 사람들이 얼마나 많이 있는가. 남의 존재, 남의 가치를 하잘것없게 여기는 사람들이 얼마나 많이 있는가. 차별과 배제가 얼마나 사람들을 아프게 하는가.

나는 철학사를 강의하면서 혹은 현대철학의 조류들을 강의하면서 그 다양한 철학의 세계를 곧잘 백화만발한 화원에 비유하곤 한다. 각각의 철학에는 각각의 의미가 있는 것이며 그것들 어느 하나도 철학 아닌 것은 아니라는 것이다. '너도 철학, 나도 철학, 우리 다 철학.' 그런 자세가 필요한 것이다. 그 모든 것들이 어우러져 하나의 철학 세계를 형성해온 것이 곧 철학사인 것이다. 한때 현대철학을 삼분했던 이른바 분석철학과 사회철학과 실존철학 사이에는 상호 불신과 대립이 심각할 지경이었다. 나는 지금도 그 모든 것들을 다 훌륭하고 의미 있는 철학으로 인정하는 편이다. 그래야 한다. 그렇게 모두가 다 의미 있는 것으로, 아름다운 것으로 인정되기를 나는 바란다. 그런 세상이기를 진심으로 바란다. 꽃밭에서 우리는 그런 정신을 배울 수 있다.

그러고 보니 저 프랜시스 버넷의 『비밀의 화원』도 생각이 난다. 소설이나 영화에는 비록 그런 이야기가 안 나오지만 그 화원 어딘가에는 이런 철학을 담은 비밀의 책 한 권이 숨겨져 있는 건지도 모르겠다. 초록 잎에 초록으로 쓴, 혹은 분홍 꽃에 분홍으로 쓴 비밀의 책.

알의 철학

한 전시회에서 조각가 김영욱의 작품 앞에 오래 머물렀다. 제목은 「알」이다. 그냥 커다랗고 둥근 알 모양의 돌덩어리다. 워낙 단순한 것을 좋아하는 내 취향에 맞은 탓인지 그 「알」의 인상은 오래 남았다. 그래서일까? 그 알에서 이런 사색이 부화되었다.

알

1.

여기에 알이 있다. 무엇이 보이는가. 당연히 알이 보인다. 그러나 알만이 보이는가. 아니다. 나의 눈은 알 속을 들여다본다. 저 알 속에 무언가가 깃들어 있다. 무엇일까. 닭일까? 참새일까? 그것은 오리나 꿩, 공룡일 수도 있다. 한 마리의 독수리라고 상상해본다.

2.

거기엔 독수리의 꿈도 깃들어 있다. 창공을 가르며 멋지게 비상하리라는 꿈, 모든 먹이들 위에 도연히 군림하리라는 꿈…. 그리고 거기엔 제 어미의 아름다운 추억도 깃들어 있다. 드높은 산정, 광활한 평야, 파도 출렁이던 짙푸른 바다와 수평선…. 그 모든 것이 하나의 알로 응축되어 있다. 알은 이윽고 부화되어 껍질은 깨어진다.

3.

거기엔 지상의 모든 탄생과 탄생을 위한 고통들, 그리고 탄생에 의한 희망의 빛들이 함께 있다. 탄생은 모든 것을 열어준다. 탄생으로 하나의 세계가 열린다. 그 하나의 세계는 다른 모든 세계들과 이어진다. 나비의 세계, 꿀벌의 세계, 그리고 민들레의 세계와 전나무의 세계…. 그 모든 세계들은 손에 손잡고 윤무를 한다.

4.

이를테면 그들의 어우러짐을 잔디의 세계가 고즈넉한 눈으로 바라본다. 그러면서 잔디의 세계도 그들의 춤에 끼어든다. 해와 달과 별들의 세계도 빠질 수 없다. 구름도 바람도 빠질 수 없다. 그들의 춤사위에는 하늘과 땅 그리고 신들과 인간들이 함께 노닌다. 그 세계들의 윤무에서 우리가 알고 있는 세상만사가 펼쳐진다.

5.

그러나 알은 아직도 알이다. 알은 탄생을 기다리고 있다. 그래서 알은 고요하다. 그러나 나의 눈은 그 알의 고요함을 보고 있다. 그 고요함 속에서 모든 것들이 들려온다. 귀를 기울여보자. 알은 언제나 말하고 있다. 여기에 알이 있다. 하나이면서 모든 것인 알이 있다.[15]

알은 하나의 가능성이다. 그 알이 만일 계란이라면, 거기엔 프라이에서 통닭에 이르는 모든 가능성, 혹은 그 사이의 삐약삐약과 꼬꼬댁과 새벽의 꼬끼오도 다 들어 있다. 그 알이 만일 백조 알이라면, 거기엔 미운 오리 새끼의 서러운 시간들, 그리고 찬란한 비상과 우아한 날갯짓, 혹은 차이코프스키의 호수나 생상스의 동물의 사육제도 다 들어 있다. 또 그 알이 만일 확대된 인간의 난자였다면, 거기엔 그야말로 요람에서 무덤까지의 세상만사, 인생만사, 온갖 희로애락과 생로병사가 다 들어 있다. 알은 그 모든 구체적 현실들의 시발점인 것이다. 혹은 그 모든 결과들의 응축인 것이다. 모든 구체적 다양성에는 하나의 단순한 원점이 있음을, 그리고 하나의 단순한 귀결점이 있음을 저 알은 시사해준다.

철학자들은 안다. 그런 원점이, 그런 귀결이 바로 이데아인 것이다. 구체적인 온갖 다양한 사물들의 고유한 원형. 그것이 바로 플라톤이 알려준 이데아였다. 이데아는 모든 구체적 존재 전개의 원점이 된다. 그 존재들과 사물들의 상호 연관도 놀라운 일이다. 모든 것들이 다른 모든 것들을 지시하면서 서로 어우러진다. 그런 어우러짐이 이른바 '세계'를 형성하는 것이다. 이런 세계론은 하이데거 후기 철학의 한

---

15) 졸저『푸른 시간들』에서 전재.

테마이기도 했다.

모든 것은 하나의 알에서 시작된다. 그렇다면 그 알은? 그 알의 기원은 어디일까? 거기엔 해묵은 철학적 논쟁이 기다린다. 나는 굳이 그 대답을 하지 않겠다. 모든 것은 인간의 지적 개입 이전에 이미 다 정해져 있다. 각각이 제가끔 그러하도록 '마련'돼 있다. 알은 이미 그 대답을 알고 있다. 그러나 알은 아직 말하지 않는다. 그래서 알은 고요하다. 나도 말없이 그저 하늘을 바라본다. 일단은 침묵도 답인 것 같다.

서둘지 말자. 언젠가는 부화가 그 답을 알려준다. "새는 알을 깨고 밖으로 나오려 애쓴다. 알은 세계다. 태어나려는 자는 하나의 세계를 파괴하지 않으면 안 된다. 새는 신을 향하여 날아간다." 헤세가 『데미안』에서 한 저 유명한 말을 또 다른 맥락에서 한번 음미해보자. 부화된 새가, 그의 날갯짓이 그 답을 알려준다. 그 방향을 알려준다.

제비의 철학

(혹은 매화의 철학, 나비의 철학, 모기의 철학, 매미의 철학,
단풍의 철학, 낙엽의 철학, 곰의 철학, 빙산의 철학)

주말을 이용해 큰맘 먹고 읍성으로 유명한 낙안에 다녀왔다. 수년 전에는 거기서 일박을 한 적도 있어서 그 분위기는 더욱 친숙하게 다가왔다. 지난번에는 가을이었는데 이번엔 봄이다. 여러 가지로 느낌이 새로웠다. 그런데 뜻하지 않은 소득이랄까. 그곳에서 오랜만에 제비를 봤다. 우리가 어렸을 때만 해도 이맘때면 하늘이 어지러울 만큼 지천으로 날아다녔는데 요사이는 거의 눈에 띄지를 않아 '그 많던 제비는 다 어디로 사라진 걸까?' 하는 느낌이었다. 그래서 그런지 더 반가웠다. 봄은 봄인가 보다 싶었다. 봄과 제비, 제비와 봄. 어울리는 쌍이다.

그런데 누가 그랬더라? 한때 "한 마리의 제비가 봄을 몰고 오지는 않는다"는 말이 사람들 입에 오르내렸었다. 아마도 섣불리 앞서 판단하지 말라는 뜻이었을 게다. 기억은 아삼삼해졌지만 뭔가 정치적 상

황에 빗대서 나온 말이었던 것 같다. 그야 그렇다. 정확히 말하자면 봄이야 태양볕과 지구의 공전에 의해서 오게 되는 것이지 제비 한 마리가 무슨 흥부네 박씨처럼 가져다주는 것은 물론 아니다. 하지만 사람의 사고와 표현이 모조리 그런 식이라면 무미건조해서 무슨 맛이겠는가. 그래서 나는 '한 마리의 제비가 봄을 몰고 온다'는 쪽에 지지의 한 표를 던지고 싶다. 아니 최소한, "한 마리의 제비가 봄을 알린다"는 말에는 누구도 이의를 제기하지 않을 것이다. 나는 이런 식의 작은 지혜를, 그리고 그런 표현을 아주아주 선호하는 편이다. 이런 것도 엄연한 진리의 일부로 손색이 없다. 그것은, "하나를 보면 열을 안다"는 저 진리 혹은 지혜와도 통하는 것이다. 그런 사례는 얼마든지 있다.

저 유명한 말, "일엽낙지천하추(一葉落知天下秋)"도 그런 것이다. "나뭇잎 하나가 떨어지면 우리는 천하에 가을이 왔음을 안다." 나뭇잎 하나가 꼭 가을에만 떨어지는 건 아니라고, 소위 반증 사례는 얼마든지 있다고 강변해봤자 소용이 없다. 사람의 건전한 이성은 낙엽을 보고 곧바로 가을을 인지하는 것이 '정상'인 것이다. 논리학에서 말하는 소위 '자연의 제일성(齊一性)', 바로 이것에 저 말은 그 판단의 근거를 두고 있는 것이다. 무릇 가을이 되면 단풍이 들고 낙엽이 진다. 그것이 하나의 진리 현상인 것이다. 그러니 나뭇잎은 말한다. "나는 이제 단풍이 들고 낙엽이 되어 떨어집니다. 고로 지금은 가을입니다." 나뭇잎에게는 그런 '단풍의 논리', '낙엽의 논리'가 있는 것이다. 천하의 가을을 알게 하는 하나의 단풍, 하나의 낙엽, 우리는 그런 것을 포착할 줄 알아야 한다.

매화나 산수유에게도 똑같은 철학이 있다. 그들도 그 하얗고 빨간,

그리고 노란 꽃망울로 다가온 봄을 알리는 것이다. 그런 것을 보면 곧 바로 이제 봄인 줄을 알아야 한다. 그런 점에서는 민들레의 철학도 있고, 벚꽃, 배꽃, 복사꽃, 살구꽃의 철학도 있다. "나비 한 마리가 날면 천하의 봄을 안다(一蝶飛知天下春)", "개구리 한 마리가 뛰면 천하의 봄을 안다(一蛙躍知天下春)"는 말도 가능하겠다. 그리고 "매미 한 마리가 울면 천하의 여름을 안다(一蟬鳴知天下夏)", "모기 한 마리가 물면 천하의 여름을 안다(一蚊刺知天下夏)", "곰 한 마리가 잠들면 천하의 겨울을 안다(一熊眠知天下冬)"는 말도 또한 가능하겠다.

내가 평소에 즐겨 말하던 소위 '빙산의 논리'도 마찬가지다. 드러난 빙산의 일각은 그 아래에 그 일각보다 엄청나게 더 큰 얼음덩이가 가라앉아 있음을 알려준다. 수면에 잠겨 있는 그것을 볼 줄 아는 눈을 우리는 가져야 한다. 아마도 우수한 수사관들은 그런 눈을 가지고 있을 것이다. 그래야만 하나의 단서에서 범인을 찾아낼 수 있다. 우수한 교사들도, 훌륭한 부모들도 아마 그런 눈을 가지고 있을 것이다. 그래야만 아이들의 소위 잠재능력을 찾아내 화려하게 꽃피워줄 수가 있게 된다. 저 프로이트도 아마 그런 눈을 가지고 있었을 것이다. 그래서 그는 환자들의 몇 가지 증세에서 저 엄청난 무의식의 세계를 감지해 냈을 것이다.

논리학자들은 어쩌면 이런 이야기에서 '섣부른 일반화의 오류'를 지적할지도 모르겠다. 하지만 모든 진리가 그렇듯 그 최후의 기반은 자연 그 자체, 사실 그 자체, 진리 그 자체, 존재 그 자체다. 애당초 모든 것은 그렇도록 되어 있고 그렇도록 되고 있다. 우리는 그 진리 자체의 자기 전개, 자기 현시로부터 인식을 취득하는 것이다. 그 인식을 위한 '단초'들이 있는 것이다. 바로 그것이 저 제비요, 개구리요, 매화요, 나비요, 매미요, 모기요, 단풍이요, 낙엽이요, 곰이요, 빙산의 일각인 것이다.

그런 단초들은 우리의 생활세계 이곳저곳에 그 머리를 내밀고 있다. 그런데 오늘날 우리는 그 단초들을 제대로 보고 있는 것일까? 특히 정치하는 분들은 어떨까? 그것을 제대로 보고 있는 것일까? 염려스럽다. 봄을 알리는 제비나 매화는 보지 못하더라도 겨울을 알리는 북풍 한 자락은 좀 제대로 인식해주기를 나는 걱정 속에서도 기대한다. 예컨대 남해에서 잡힌 열대성 어류, 혹은 등이 휜 생선, 중국에서 날아온 황사와 먼지, 그런 것들. 그리고 부모를 죽인 자식, 자식을 죽인 부모, 혹은 아파트에서 뛰어내린 수험생, 그런 것들. 그런 것들이 이미 성큼 다가온 대재앙의 단서들임을 좀 제대로 인식하기를 기대한다. 그분들이 나의 이런 철학에 관심 비슷한 것이라도 기울인다면 좀 다행이련만, 철학이라는 것도 이젠 저 제비와 같은 신세가 되고 만 것일까. 둥지를 틀 처마도 없고 날아야 할 하늘도 없다. 봄이건만 서울 하늘에는 지금 제비가 없다.

제3부 **인**

얼굴의 철학

'사람의 얼굴은 곧 그 사람이다. 그 절반은 타고나는 것이고 다른 절반은 그 삶으로써 만들어가는 것이다.'

하버드의 교실을 나와 센트럴의 집까지 걸어오는 동안, 희고 검은 수많은 얼굴들이 지나쳐갔다. 그 별의별 얼굴들을 마주하면서 문득 이런 생각도 지나쳐갔다.

모든 사람은 각각 하나씩 얼굴이라는 것을 가지고 있다. 당연하기 짝이 없는 이야기지만, 사실 이 얼굴이라는 것은 참으로 묘한 존재라 아니 할 수 없다. 이 세상에는 무려 70억의 인간들이 살고 있는데, 그 70억 인간들의 얼굴이 하나하나 모조리 다 다른 것이다. 흔히 쌍둥이는 똑같다고 하지만 그것도 자세히 보면 구별이 된다. 나는 고등학교 때 쌍둥이 중의 한 명과 친구였는데, 다른 반이었던 그 쌍둥이 형과 그를 혼동한 적은 전혀 없었다.

사람의 얼굴이라는 것은 경우에 따라 인생을 좌우하는 결정적인 변수로도 작용한다. 여성의 경우는 특히 그렇다. "클레오파트라의 코가 조금만 낮았더라면…" 하는 파스칼의 유명한 말은 그 점을 알려주는 하나의 상징과도 같다. 양귀비(楊貴妃)나 서시(西施), 왕소군(王昭君)의 경우도 마찬가지다. 경국지색이라는 말은 그들의 얼굴이 한 나라의 운명도 뒤흔들 수 있다는 말이 아닌가. (미인계라는 말도 비슷한 경우다.) 남자들도 사실 다를 바 없다. 얼굴은 인상이라는 것과 연결되어서 그것이 입사시험의 당락도 결정하지 않는가. 얼굴 때문에 누구는 주연이 되고 누구는 조연이 된다. 그래서 아마 옛날에는 관상 운운하는 것도 생겼으리라.

그런 것을 생각해보면 그 얼굴이라는 것을 가꾸기 위해 온갖 종류의 화장품 산업이 번창하거나 심지어 성형수술이 대성황을 이루는 것도 이해가 간다. 인류의 문화유산 중 가장 오래된 것에 거울이라는 것도 꼭 있지 않던가. 그런 점에서 얼굴은 하나의 철학적 대상이 되어야 할지도 모르겠다. 아니 실제로 하나의 철학적 개념이 되기도 한다. 프랑스의 철학자 레비나스의 철학적 개념들 중 가장 유명한 것이 바로 '얼굴(visage)'이다. 물론 그의 경우는 그 의미가 사뭇 다르다. 그것은 "사람을 죽이지 말라는 하나의 명령"이라고 해석되기도 한다. 이런 경우는 얼굴 그 자체가 이미 하나의 철학인 것이다. "웃는 낯에 침 뱉으랴" 하는 우리의 속담도 또한 '웃는 낯'이 하나의 미덕이요 윤리임을 말하고 있다.

얼굴에는 또한 언어가 있다. 얼굴은 그 표정으로써 말을 하는 것이다. 표정을 보면 그 사람의 기분이 좋은지 나쁜지, 맑음인지 흐림인지가 곧바로 드러난다. 얼굴은 그 내면의 온갖 희로애락을 비춰주는 스크린인 것이다. 그뿐만 아니라 그 사람의 인간성도 거기에 투영된다. "번지르르한 말과 꾸미는 얼굴에는 인이 드물다(巧言令色, 鮮矣仁)"라고 한 공자의 저 유명한 말도 얼굴과 내면의 그런 연결성을 잘 알려준다.

아무튼, 한 가지 재미난 것은 이 얼굴이라는 게 사람마다 다를 뿐 아니라 같은 사람의 경우라도 그것은 매일매일 다를 수 있고, 더욱이 긴 세월이 지나면 전혀 다른 얼굴이 되기도 한다는 것이다. 생각해보면 사람의 얼굴은 그 내면에 의해, 또는 주변의 상황이나 여건에 따라 적지 않은 영향을 받게 된다. 즉, 어떤 사정 속에서 어떤 생각을 하며 사느냐에 따라 그 삶이 얼굴에도 반영되는 것이다. "나이가 들면 자기 얼굴에 책임을 져야 한다"는 링컨의 말이나 유명한 '큰바위 얼굴' 이야기도 결국은 그런 취지다. 무엇보다도, 좋은 일이 있으면 웃는 얼굴, 밝은 얼굴이 되고, 나쁜 일이 있으면 찌푸린 얼굴, 어두운 얼굴이 될 수밖에 없다. 그것이 오랜 세월 지속이 되면 알게 모르게 얼굴도 변해가는 것이다.

얼마 전 뉴욕에서 40년 만에 옛 고교 동창을 만났다. 내 기억 속의 그는 그저 앳된 얌전한 학생이었다. 그랬던 그의 얼굴에서 이제는 어떤 단단함과 무게 같은 것이 느껴졌다. 그것은 단지 까까머리가 은백으로 변했기 때문만은 아니었다. 솔직히 학창 시절의 그는 그다지 눈에 띄는 존재는 아니었다. 그랬던 그의 얼굴에서 느껴지는 이 무게의 정체는 도대체 무엇일까? 나는 그것이 삶의 경륜이라고 직감했다. 그는 한국의 대학에서 철학을 전공했으나 그 학문의 꿈을 이루지 못하고 미국으로 건너왔다. 대화에서 언뜻언뜻 느껴지는 그의 삶은 결코 만만치가 않았다. 그 풍파를 견뎌내면서 그는 이 광활한 미국 대륙의 한 모퉁이에 그의 삶을 뿌리 내린 것이다. 철학에 대한 애정도 유지하면서. 그런 점에서, 어딘가 대서양의 숨결이 스민 듯도 한 그의 지금 얼굴은 세월 속에서 그 자신이 만들어낸 작품이었다.

우리 모두는 각자의 얼굴에 대해 하나의 숙제를 가지고 살아간다. 얼굴 그 자체가 삶으로써 만들어야 할 하나의 숙제라는 말이다. 10년 후 혹은 20, 30년 후, 또는 인생이 붉은 노을빛으로 물들어갈 무렵, 거울 속에 비친 자신의 늙은 얼굴을 보며 거기서 그저 그냥 그런 얼굴이 아닌, 온갖 풍파를 꿋꿋이 견뎌낸, 깊이 있는 표정을 지닌, 혹은 세상과 인생을 따스한 눈빛으로 바라볼 줄 아는, 진정한 '사람의 얼굴'을 발견할 수 있어야 한다는 그런 숙제.16)

---

16) 이 글은 졸저 『진리 갤러리』에 게재된 것을 일부 수정 가필해 전재한 것이다. 주제 전개상 이 책에 포함시키는 것이 좋겠다고 판단했다. 미국에서 쓴 것임을 참고하기 바란다.

귀의 철학

우리 인간들의 얼굴에는 그 좌우에 귀라고 하는 물건이 하나씩 붙어 있다. 응? 무슨 엉뚱한 이야기를 하려는 거지? 그걸 모르는 사람이 어디 있나? 그렇다. 그걸 모르는 사람은 아무도 없다. 이게 어떤 식으로든 문제가 되지 않는 한 우리는 보통 이 사실을 특별히 주시하지는 않는다. 나도 그랬다.

그런데 문제가 발생했다. 내 가까운 사람 중 하나가 갑자기 한쪽 귀가 들리지 않게 된 것이다. 남들이야 그럴 수도 있겠거니 하겠지만 본인과 주변 사람들에게는 보통 문제가 아니다. 이렇게 되니 한평생 자기 눈에는 보이지도 않던 귀라는 것이 관심의 한복판에 놓이게 된다. 이런저런 생각들이 스쳐가는 가운데 나는 들리지 않는 그의 귀를 함께 걱정하면서 이런 물음을 묻고 있는 나를 발견한다. 도대체 귀란 무엇인가? 이것은 어떤 의미를 지니고 있는가?

귀는 소리를 듣는 기관이다. 그리고 말을 듣는 기관이다. 들으라고 거기에 붙어 있는 것이다. 이 덕분에 우리는 기본적인 의사소통이라는 것이 가능할 뿐 아니라 새소리, 물소리, 바람소리는 물론, 온갖 아름다운 음악이나 연인의 감미로운 속삭임 같은 것도 향유하게 된다. 그런 점에서 귀는 엄청난 축복이 아닐 수 없다. 이 축복이 평소에는 너무나 당연한 것으로 가려져 있을 따름이다.

그렇다. 귀는 참으로 많은 것들을 듣는다. 그 의미가 결코 작을 수 없다. 그중에서도 우리가 특별히 고려해야 할 것은 '사람의 말'을 듣는 것이 아닐까 한다. 말을 듣는다, 듣지 않는다 하는 것은 결코 별것 아닌 이야기가 아니다. 어릴 적부터 말을 잘 듣는 아이는 부모를 기쁘게 해 칭찬도 듣고, 말을 잘 안 듣는 아이는 부모의 속을 썩이고 혼이 나기도 한다. 이 사실에서도 이미 드러나지만 말을 듣는다는 것은 그 자체로 하나의 도덕이고 미덕인 것이다.

사람의 말이 귀에 거슬리지 않고 순순히 들리는 것(그 말의 전후 맥락 내지 말한 이의 속사정이 이해가 된다는 것)은 저 공자조차도 60줄 (耳順)에 들어서서야 비로소 가능했을 만큼 어떤 드높은 도덕적 '경지'를 나타내는 일이기도 하다. 앞의 경우와는 그 의미가 좀 다르긴 하지만 사람의 말을 듣는다는 것은 그만큼 중요한 일이 아닐 수 없는 것이다.

그런데 우리들의 이 세상의 실상은 어떠할까? 남의 말에 귀를 기울여주는 도덕적인 귀는 도대체 얼마나 될까? 사람들은 대체로 남의 말을 귀 기울여 듣기보다는 자기 말을 먼저 하고 그것을 먼저 들어주기를 바라고 있다. 어떤 이들은 남의 말 따위에는 아예 귀를 막고 살기도 한다. "말하기보다 듣기를 먼저 하라(先聽後言)", "입보다 귀가 먼저(先耳後口)"라는 도덕은 지켜내기가 말처럼 쉬운 것이 아니다.

일전에 어떤 인문학 강좌에서 한 강사가 '성스럽다'는 '성(聖)' 자를 분석하면서 "그 글자에 '귀 이(耳)' 자와 '입 구(口)' 자가 있는데 순서상 입보다 귀를 먼저 쓰게 된다. 이는 말하기보다 듣기를 먼저 하는 게 성스러움의 핵심이라는 뜻이다"라고 설명하는 것을 들으면서 그 재치에 감탄한 일이 있다. 그런 해석이 문자학적으로 사실인지를 나는 알지 못한다. 하지만 재미있고 의미 있는 해석임에는 틀림이 없다. 말하기보다 듣기를 먼저 하는 태도는 분명 훌륭한 것이다. 왜냐하면 이 단순한 사실에는 '타인에 대한 배려 내지 존중 혹은 우선'이라는 정신이 전제돼 있기 때문이다. 입이란 '나로부터 남에게로'라는 능동적인 방향성을 본질적으로 지니고 있다. 이에 반해 귀란 기본적으로 '남으로부터 나에게로'라는 수동적인 방향성을 지니고 있는 것이다. 그러니 귀와 듣기를 앞세운다는 것은 곧 저편에 있는 남의 존재를 존중하는 일이 되는 것이다.

귀는 그 자체로서 이러한 타인의 존재에 대한 인정이라는 철학을 담고 있다. 그 타인이라는 것은 천태만상의 '소리'를 지닌 존재다. 그 소리란 어떤 점에서 희원의 소리요 부탁의 소리다. 그것은 또한 의견이기도 하고 판단이기도 하다. 그 모든 것의 중심에 한 '인간'이 있는 것이다. 그 인간은 인생을 살아가는 인간이기에 각자 고귀한 존재가 아닐 수 없다.

굳이 거창한 '이타'까지는 아니라 해도 그 타자의 말에 귀를 기울여준다는 것은 인간관계의 질서를 위해 기본적으로 지켜져야 할, 그리고 그런 점에서 기본적으로 가르쳐지고 훈련되어야 할 덕성의 하나가 아닐까. 소위 동일자와 타자라는 이분법의 극복을 위해 소리를 높였던 레비-스트로스, 푸코, 데리다 등 현대 프랑스 철학자들의 기본정신도 결국은 이런 '귀의 철학'과 일맥상통하는 것은 아니었을까.

나는 지난 수십 년 참으로 많은 말들을 이 나라 지성계를 향해 외쳐왔는데 그 대부분은 제대로 들어주는 귀를 만나지 못하고 허공에 흩어져갔다. 사람들이 나의 이런 목소리에도 이제 한번쯤은 제발 좀 귀를 기울여줬으면 좋겠다.

아니, 그리고 보니 들어주는 귀가 아예 없지는 않았던가? 지난해 하버드에서 특강을 했을 때 열심히 들어주던 몇몇 청중들에게 감동해 이런 말을 남겼던 게 새삼 떠오른다. "진정한 언어는 언젠가 어디선가 그것을 들어주는 귀를 만나게 된다." 어쨌거나 이런 말로라도 좀 위안을 삼아야겠다.

눈의 철학

눈에 좀 탈이 나서 안과에 가게 되었는데 거기서 기다리는 동안 우연히 이런 글을 읽게 되었다.

"눈은 마음의 창이며, 얼굴은 마음의 거울이다. 마음이 고요하면 얼굴의 표정도 고요하게 나타난다. 눈은 사물을 관찰하고 그 가치를 판단한다. 눈은 입처럼 말을 하고 귀처럼 말을 듣는다. 눈이 맑다거나, 차갑다거나, 빛난다거나, 그림이 있다거나 시가 있다는 말은 바로 그것이다.

또한 천 가지 만 가지로 변하는 것이 바로 눈이다. 기쁨과 시름이 있고, 두려움과 교만함이 있으며, 차가움과 따뜻함이 우리 눈 안에 존재한다.

눈을 보면 그 사람을 안다고 한다. 그것은 눈이 곧 그 사람의 모든 것, 이를테면 인격과 성품과 교양과 모든 아름다움을 대신하는 창문이기 때문이다. […]

더욱이 매력 있는 빛을 풍겨주는 지적인 아름다움 외에 감성적인 아름다움도 눈에 나타난다. […] 사랑과 기쁨으로 충만된 아름다운 눈, 그런 애정의 눈은 마음을 열고 아름다움을 받아들일 때에만 가질 수 있는 맑은 눈이다." (노라 S. 킨저, 『스트레스를 모르는 여자가 아름답다』)

"눈은 마음의 창이다." 여기저기서 참 많이 듣던 말이다. 그런데 여기 그 말이 있었네? 반가웠다. 이 책이 그 발원지인가? 그것까지는 잘 모르겠다. 하여간에 참 좋은 말이다. 나도 백 퍼센트 공감한다. 눈빛은 분명 그 사람의 내면을 반영하는 것이다. 고운 눈을 위해서라도 지성과 감성 양면으로 내면을 닦아야겠다. 아무렴, 그렇지, 그렇고말고. 수긍했다.

물론 글을 쓴 이분이 물리적인 눈의 기능과 가치에 대해 무심한 것은 아닐 것이다. 그것은 너무 기본이니까 아마 언급을 생략했겠지. 우리에게 눈이 있고 그것이 사물들을 '본다'는 것은 사실 우리에게 입이 있고 그것이 음식을 먹는다는 것, 그리고 귀가 있고 그것이 소리를 듣는다는 것, 그런 것들과 더불어 인간의 기본이요 삶의 기본인 것이다. 눈이 없다면 볼 수가 없으니 그런 큰일이 없다. 그걸 생각해본다면 눈이 있고 볼 수가 있다는 것은 너무너무 고마운 일이 아닐 수 없다. 자연과 도시의 온갖 아름다운 풍경들은 말할 것도 없고, 영화, TV, 만화, 루브르의 명화들… 심지어 어여쁜 그녀의 눈부신 미모도 보는 눈이 없다면 아무런 의미가 없는 것이다. 만일 이 모든 것들을 볼 수가 없다면…. 생각만 해도 끔찍한 일이다. 보스턴에 살고 있을 때 매일 밤 챙겨 보던 드라마가 있었다. 1970년대에 우리나라에서도 방영해 인기를 끌었던 〈초원의 집〉이라는 드라마다. 거기에 주인공 중의 하나로 큰딸 메리가 나온다. 예쁘고 착하고 똑똑하고 야무지고… 흠 잡을 데 없는 아가씨다. 그 메리가 어느 날 시력을 잃고 볼 수가 없게 된다. 그걸 보며 나는 본다는 것이 얼마나 중요한 일인지를 정말 가슴 아프게 실감했다. 내가 '인간학' 강의에서 종종 언급하는 헬렌 켈러의 경우도 마찬가지다. 〈겨울연가〉의 준상이를 사랑하는 일본의 '오바상(아줌마)'들에게도 아마 비슷한 느낌이 있을 것이다.

대철학자 아리스토텔레스도 그의 저 유명한 『형이상학』 첫머리에서 "모든 인간은 태어나면서부터 보는 것을 좋아한다"는 말로 그 중요성을 확인해준다. 만학의 아버지인 저 권위자의 말이다. 이 말이 그 대단한 책의 첫머리를 장식한다는 것이 어디 우연이겠는가.

아마 이렇게 중요하기 때문일 것이다. '본다'는 것은 단순한 육안을 벗어나 그 의미를 확장한다. 우리에게는 또 하나의 눈이 있을 수 있고 또 있어야 한다. 이른바 마음의 눈, 정신의 눈, 지혜의 눈, 그런 것이다. 사람을 보는 눈, 미래를 보는 눈, 그런 것도 있다. 참고로 내가 전공한 철학에는 현상학이라는 분야가 있는데 거기서 강조하는 의식의 직관이라는 것을 후설은 '현상학적인 보기(phänomenologisches Sehen)'라고 부르기도 한다. 부처의 이른바 혜안과는 좀 다르지만, 이것도 일종의 진리를 보는 눈이다.

그래서 나는 말하고 싶다. 누구에게나 다 눈은 있지만 눈이라고 해서 다 똑같은 눈은 아니다. 그 눈이 무엇을 보는 눈이냐에 따라 눈의 종류가, 눈의 질이 달라지는 것이다. 누군가의 눈은 한 치 앞도 못 보고, 누군가의 눈은 10년, 100년을 내다본다. 누군가의 눈은 이익만 보고 누군가의 눈은 의로움을 본다. 누군가의 눈은 나무만 보고 누군가의 눈은 숲을 본다. … 그 모든 것이 다 눈인 것이고 그 모든 것이 다 보는 것이다.

우리는 지금 어떤 눈으로 무엇을 보고 있을까? 뭐 눈에는 뭐만 보인다고 설마하니 그런 뭐 같은 것만 보고 있는 일은 없어야겠다. 철학의 눈으로 보면 세상에는 우리가 진정으로 보아야 할 것들이 너무나 많다. 진, 선, 미, 덕, 정의… 그런 것들. 그런데도 사람들은 그런 것을 잘 보지 않는다. 아예 보려고도 하지 않는다. 흰 눈을 뜨고 백안시한다. 문학도 역사도 철학도 이젠 사람들에게 외면당한다. 세상의 눈은 그저 돈만 바라본다. 자리만 바라본다. 명성만 바라본다.

사람이 사람을 바라보는 눈에도 온기가 없다. 사람들은 곧잘 날이 선 눈으로, 모난 눈으로 사람을 바라본다. 그런 눈초리가 사람에게 닿으면 아파진다. 상처가 난다. 더러는 가슴속에 피도 흐른다. 사람의 눈동자가 동그란 것은 둥글게 원만하게 바라보라는 의미인지도 모르겠다. 예전에 재미 삼아 써본 시 한 편을 소개한다.

도덕의 발견

창문은 네모다
책은 네모다
스크린은 네모다

티비도 네모다

피씨도 네모다

신문도 네모다

모두 네모다

세상과 인생이 네모 속에 다 있다

네모는 굉장하다

그런데 보는 눈은 동그라미다

고로

원만한 것이 모난 것보다 낫다

바야흐로 철학의 안경이 필요한 시대다. 가까이를 못 보는 원시도 너무 많고 멀리를 못 보는 근시도 너무 많다.

눈물의 철학

요즘 같은 자본만능의 시대에 좀 바보처럼 들릴지도 모르겠지만, 시인이라는 사람들은 단어 하나에 그날의 기분이 왔다 갔다 한다. 마음에 드는 표현을 떠올리거나 만났을 때의 기쁨은 어쩌면 젊은 아가씨가 마음에 드는 구두나 핸드백을 발견했을 때의 기쁨 같은 것보다 훨씬 더 클지도 모르겠다. 단어 하나가 때로는 진리 내지는 예술을 담지하는 경우도 적지 않기 때문이다.

그런 기쁨을 오늘 만났다. 저녁에 TV 드라마를 보고 있는데, 소제목이 '하늘의 눈물(Heaven's Tear)'이라고 되어 있었다. 솔깃해졌고 그리고 이내 몰입되었다. 재미있었다. 주인공인 소녀가 어린 동생을 잃은 슬픔 때문에 하늘이 가깝다는 산에 올라가 기도를 하다가 탈진해 정신을 잃었는데, 깨어나 보니 어떤 산사나이가 소녀를 돌봐주고 있었다. 산사나이는 소녀의 이야기를 듣고서 이렇게 위로를 해준다.

"너는 동생을 다시 살려달라고 간절히 기도하지만, 세상에는 하늘도 어떻게 할 수 없는 일이 많이 있단다. 비가 왜 오는지 아니? 그건 하늘이 눈물을 흘리기 때문이란다. 그 눈물에는 이런 누나의 모습을 슬퍼하는 네 죽은 동생의 눈물도 함께 흐를지 모른단다. 그러니 동생을 더 슬프지 않게 하기 위해서라도 너무 슬퍼하지는 않는 게 좋겠다." 대충 그런 내용이었다. 소녀는 마음을 추스르고 산을 내려가 다시 엄마 아빠의 품에 안긴다. 옛날 드라마라 그런지 좀 상투적이기는 했지만 나는 감동했고 그런 따뜻한 마음과 언어가 잠시나마 이 미국 생활의 한 순간을 행복하게 만들어줬다.

아닌 게 아니라 이 황당한 이야기는 얼마간 깊은 삶의 진실을 은연중에 반영한다. 나는 속으로 그 소녀에게 이런 이야기를 더 들려주고 싶었다. "동생을 잃은 너의 슬픔은 말할 수 없이 크겠지만, 이 세상에는 그런 크고 작은 슬픔들이 너무나도 많이 있단다. 그 모든 슬픔들이 다 하늘의 눈물로 내린단다. 비가 얼마나 많이 오는지 보렴. 그 비들이 모여 시내가 되고 강물이 되고 그리고는 마침내 바다가 된단다. 저 넓고 깊은 바다가 다 하늘이 흘린 슬픔의 눈물이란다." 나는 문득 '바다는 왜 넓고 깊은가'라는 제목으로 시라도 한 편 써보고 싶어졌다.

바다는 넓고 그리고 깊다
그것은 모두 하늘의 눈물
오늘도 비가 온다
하늘이 또 운다

우리 때문에 운다

이것만으로도 한 편의 시가 되고도 남는다.

인생을 바다에 비유하는 것은 그것을 괴로움의 바다(苦海)로 규정하는 불교로 인해 그다지 우리에게 낯설지 않다. 그 바다가 온통 눈물의 바다라는 것은 사실 조금만 깊이 통찰해보면 결코 과장이 아니라는 사실을 이내 깨닫게 된다. 우리들의 인생은 울음으로 시작해 울음 속에서 끝나게 된다. 참으로 묘한 현상이 아닌가. 현재의 인간이 70억이라면 최소한 70억×2, 즉 140억 번의 눈물을 하늘이 흘렸고 그것이 과거의 모든 것들과 함께 바다로 출렁대고 있을 것이다. 그 출생과 죽음 사이의 삶은 또 어떤가? 이 세상의 인간 치고 삶의 과정을 눈물 없이 보내는 사람이 과연 있을까? 남자는 울지 않는 법이라고 예전에는 곧잘 이야기했지만, 그것은 새빨간 거짓말이다. 설혹 눈물을 보이지 않는 이가 있을지는 모르겠지만, 그렇다고 그가 속으로 삼킨 눈물이 없는 것은 아니다. 그런 눈물도 다 하늘이 대신 흘려주는 것이다.

생로병사로 인한 눈물, 애별리고(愛別離苦)로 인한 눈물, 원증회고(怨憎會苦)로 인한 눈물, 구부득고(求不得苦)로 인한 눈물, 오온성고(五蘊盛苦)로 인한 눈물…. 이 모든 일들을 '나 자신의 일'로서 감당할 때, 우리 인간들은 속절없이 눈물을 흘릴 수밖에 도리가 없는 것이다. 부모 형제를 잃어본 자들은 안다. 늙고 병들어본 자들은 안다. 웬수 같은 인간들에게 시달려본 자들은 안다. 사랑하는 이와 이런저런 사정으로 헤어져본 자들은 안다. 뭔가를 간구하고 좌절해본 자들은 안다. 스스로 통제되지 않는 자기에 맞닥뜨려본 자들은 안다. 인간의 삶이라고 하는 것이 얼마나 많은 눈물을 그 대가로서 요구하는지를.

그러나 그 많은 눈물들을 하늘이 대신 흘려준다니 참 고맙고도 든든한 일이 아닌가. 오늘도 보스턴의 하늘에는 비가 내린다. 세계 제일의 선진국이라지만 이곳 미국에서도 울어야 할 일들은 많은 모양이다. 이래저래 하늘은 참 바쁘시겠다.[17]

[P.S.] 눈물을 언급한 김에 그것이 갖는 정화 기능에 대해 한마디 덧붙여두자. 눈물이 기쁨으로 인해 나오는 경우도 있긴 하지만 일반적으로 그것은 슬픔의 샘에서 흘러나온다. 슬픔은 저 아리스토텔레스의 비극론이 알려주는 대로 정화(katharsis)의 기능을 갖고 있다. 혼탁한 우리의 영혼을 고려해보면 이따금씩은 눈물을 흘려 그 안에 쌓인 삶의 찌꺼기들을 말끔하게 씻어주는 것도 나쁘지 않다. 어른이든 남자든, 부끄러울 게 뭐가 있는가. 잠시나마 이런 투명한 세계가 열릴 수만 있다면.

눈물의 세계

삶의 가을녘
불현듯 슬픔이 물결처럼 밀려올 때
나는 남몰래

---

17) 이 글은 졸저 『진리 갤러리』에 게재된 것을 일부 수정 가필해 전재한 것이다. 주제 전개상 이 책에 포함시키는 것이 좋겠다고 판단했다.

이슬 같은 눈물 한 방울을 떨어뜨린다
그것은 내 가슴속에서
피오르처럼 맑고 투명한
호수가 된다
거기
햇빛같이 반짝이던 시간의 조각들이 모여
아름다운 헤엄을 친다

나는 눈물을 닦지 않는다

안경의 철학

'제 눈에 좋은 것이야말로 제대로 좋은 것이고, 제 눈에 좋은 것만큼 그것은 좋은 것이다.'

철학은 세상의 온갖 존재를 다 논의하므로 평생을 철학에 몸담아온 나도 사실은 그 빙산의 일각조차 제대로 알지 못한다. 이 '다 알지 못함'은 너무나도 당연한 현실이므로 누구든 그것을 탓할 수는 없다. 다만 거기서 하나라도 뭔가 반짝이는 '내 것'을 찾아낸다면 나는 그 하나에 충분히 가치를 부여해준다. 나는 이런 태도를 남들에게도 권하고 싶다. 내가 재미 삼아 말하는 '사유(私有) 가치론'이다.

내가 아는 철학자 S씨가 어느 자리에선가 이런 말을 했다. "세상은 피카소의 「게르니카」에 대해 엄청난 가치를 부여하지만, 사실 거기서 경제적 환산 가치를 제외한다면 남게 되는 그 그림의 객관적 가치는 얼마나 될까? 그것은 오직 그 그림 앞에 서는 사람의 감성만이 안다. 나는 개인적으로 추상화라는 것을 잘 알지 못해서 솔직히 그것을 공짜로 주더라도 그걸 내 집 벽에다 걸어놓고 싶은 생각은 추호도 없다." 이 '불경스럽고 무식한 말'에 많은 전문가들은 아마 분노하리라. 하지만 나는 그 말에 속으로 박수를 쳤다. 나는 예컨대 르누아르와 고흐를 엄청 좋아하지만, 피카소와 뒤샹이 왜 좋은지는 전혀 모른다. 그것이 내 전문분야가 아닌 것은 참 다행스럽다.

음악에 대해서도 마찬가지다. 나는 예컨대 마스네의 「타이스의 명상곡」이나 쇼팽의 「이별곡」 같은 것을 너무너무 좋아하지만, 그 유명한 바그너의 「탄호이저」 같은 것이 들리면 이내 채널을 돌려버린다. 바그너에 열광했던 젊은 시절의 니체가 듣는다면 역시 마찬가지로 분개하리라. 하지만 어쩌리. 그것도 나의 '기준'인 것을.

영화나 연극도 예외는 아니다. 무수한 사람들이 할리우드의 이른바 블록버스터에 환호하지만, 나는 예컨대 돈을 지불하고서 영화관에 앉아 〈배트맨〉이나 〈어벤져스〉를 볼 마음은 애당초 없다. 하지만 좋아하는 〈닥터 지바고〉나 〈사운드 오브 뮤직〉 같은 건 몇 번을 보아도 다시 즐겁다. 그리고 연극 역시도 사정은 같다. 연극 특유의 현장감이 좋아서 기회 있을 때마다 대학로를 찾지만 이른바 부조리극을 보게 될 때면 솔직히 그 자리 자체가 고통스럽다.

악기에 대해서도 나는 비슷한 감각을 가지고 있다. 내가 아끼는 후배 H는 최근 드럼에 거의 미쳐 있는데, 나는 그가 그 솜씨를 자랑할 때면 사실 적잖이 난감해진다. 뭔가 칭찬을 해주어야 하는데 솔직히 그 악기가 좋다는 느낌은 전혀 받지를 못하기 때문이다. 내가 그 악기는 언급하지 않은 채 그의 '솜씨'만을 칭찬하는 것을 아마도 그는 눈치 채지 못했을 것이다. 대신에 나는 플루트와 하프 음악이라면 솔깃해진다.

동료들과 어울려 한창 노래방을 드나들던 시절이 있었다. 나는 사실 「돌아오라 소렌토로」나 「스와니강」 같은 곡들을 부르고 싶었지만, 그랬다가는 소위 '분위기'를 완전히 망칠 것 같아 조용필이나 심지어는 이미자의 곡들을 부른 적도 많다. 권위의 정상에 계신 이분들에게는 정말 송구하지만, 나는 그 노래들을 결코 '즐겨서' 부른 적은 없다.

그런데 요즘 세상은 참 묘하다. 뭔가 하나가 '부각'이 되어 '유명'해지면 그 '유명'은 곧장 경제적 가치로 환산이 된다. 그것은 곧바로 돈이 되면서 이른바 '객관적 가치'로 자리 잡는다. 엄밀하게 말해 그런 가치는 돈의 가치지 누구에게나 '좋은' 미적 가치라고는 말할 수 없다. '좋음'을 강요해서는 안 될 일이다. "평양 감사도 저 싫으면 그만"이라는 말도 사실은 하나의 미학적 이론을 대변한다. "제 눈에 안경"이라는 말 또한 그렇다. 제 눈에 좋은 것이야말로 제대로 좋은 것이고, 제 눈에 좋은 것만큼 그것은 좋은 것이다. '좋은 안경'은 사람마다 제가끔 다 다르다. 미학에서는 이런 '안경의 논리'가 그 어떤 거창한 이론체계보다도 더 진리에 가깝다.

생각해보면 이것은 세상을 위한 일종의 구원이기도 하다. 이것이 없다면 예술이 문제가 아니라 세상이 온통 곤란해질 수도 있다. 세상의 저 수많은 남녀 커플이 이른바 객관적인 미남 미녀와 관계없이도 제가끔 제 짝을 만나 좋다고 살고 있는 것이 다 무슨 조화겠는가. 그게 다 저 안경 덕분이 아니겠는가. 신은 참 묘하게도 인간들 각자에게 각각 '제 눈에 안경' 하나씩을 선사한 것 같다. 그것으로 사람들은 어쨌거나 제멋에 살아간다. 참으로 고마운 일이 아닐 수 없다.[18]

---

18) 이 글은 졸저 『진리 갤러리』에 게재된 것을 일부 수정 가필해 전재한 것이다. 주제 전개상 이 책에 포함시키는 것이 좋겠다고 판단했다.

입의 철학

언젠가 기회가 된다면 『신체의 현상학』이라는 것을 한번 써보고 싶다. 그 한 토막이 될지도 모르겠다.

우리 인간의 신체라는 것은 실로 엄청나게 많은 부분들로 구성되어 있다. 그 모든 부분들을, 특히 세포들까지 다 포괄하자면 어쩌면 억이나 조의 단위가 필요할지도 모를 일이다. 물론 크게는 몸통에 머리 그리고 팔다리가 기본이지만, 그 하나하나가 또한 무수한 요소들로 구성된다는 것을 우리는 잘 알고 있다. 예컨대 몸통만 하더라도 거기에는 호흡기, 소화기, 순환기, 비뇨기, 생식기 등 온갖 종류의 장기들이 가득 들어차 있지 않은가. 겸허하게 생각해보면 그 모든 것이 다 엄청난 신비요 축복이라고 아니 할 수 없다.

그런데 그 모든 부분들이 대개는 하나씩의 고유한 기능들을 가지고 있는 데 비해 유독 입이라고 하는 것은 여러 가지 기능들을 함께 가지고 있어서 흥미롭다. 물론 기본적으로는 먹는다고 하는 것이 입의 주된 기능이겠지만, 입은 또한 마시기도 할뿐더러 말도 하고 노래도 하고 웃음도 지으며 더욱이 키스 같은 특별한 기능까지도 담당하고 있다. 게다가 가끔씩은 코 대신 숨도 쉬고 사람에 따라서는 담배를 피우기도 하고 피리처럼 휘파람을 불기도 한다. 그 하나하나가 우리의 인생에서 불가결한 것들임은 말할 것도 없다.

그런 점에서 우리의 입은 참으로 바빠 좀처럼 쉴 틈이 없다. 그 많은 기능들 중에서 어디에 방점을 찍느냐 하는 것을 보면 그 인간의 대체적인 정체가 짐작되기도 한다. 그 하나하나에 무수한 이야깃거리가 있겠지만, 일단 '말'이라는 것에 초점을 맞춰보기로 하자. 그것도 사실은 책 몇 권으로도 모자랄 방대한 주제가 될 터이니 그중에서 아주 작은 한 가지만을 짚어보기로 한다.

우리의 주변에는 말이 많고 입이 가벼운 사람이 있는가 하면 말수가 적고 입이 무거운 사람이 있다. 나는 비교적 후자에 가까운 사람인데 어쩌다가 말하는 것을 직업으로 갖게 되었으니 그야말로 삶의 아이러니가 아닐 수 없다. 가뜩이나 말수가 적은 사람이 어쩌다가 일본, 독일, 미국으로 세 번씩이나 외국생활을 경험하게 되었는데, 그때마다 그 새로운 언어에 익숙해질 때까지 어쩔 수 없이 한동안 침묵을 지키며 그렇지 않아도 무거운 입이 더욱 무거워지는 시기를 거치고는 했다. 이에 공감하는 분들이 아마 한둘은 아닐 것이다.

최근 하버드와 MIT, 보스턴대학 등의 세미나에 몇 차례 참석하면서 활발하게 질의응답이 오가는 열띤 분위기에 부러움과 감동 비슷한 것을 느끼고는 했다. 그런데 사실 국내에서도 비슷하지만, 주로 발언

하는 사람들이 따로 정해져 있다는 것은 이곳 미국에서도 크게 다를 바가 없었다. 낯선 환경이기에 그런 현상은 더 잘 눈에 들어온다. 그렇다면 그 자리에서 침묵을 지키는 사람들은 과연 무엇일까? 무언가 모자라는 사람들일까? 천만에. 그게 아니라는 사실은 세미나가 끝난 후에 이어지는 이른바 2차 같은 데서 곧바로 증명이 되기도 한다. 우리는 침묵하던 그 입에서 뜻밖의 중요한 발언들이 조심스럽게 새어나오는 것을 곧잘 듣게 되는 것이다. 그들은 침묵 속에서도 끊임없이 무언가를 생각하고 있었던 것이다. 말의 양이나 속도는 사실 부차적이다. 예수와 공자는 아주 적은 말로도 역사에 길이 그 흔적을 남기지 않았는가. "말로써 말 많으니 말 말을까 하노라"라는 말도 괜히 나온 것은 아니리라.

나는 저 무한 공간의 영원한 침묵과 저 바위의 과묵을, 그리고 저 부처의 말없는 염화시중과 저 선승들의 이른바 묵언수행을 시적으로, 철학적으로 사유하고 여러 차례 그 의미를 강조해왔다.

침묵은 결코 무식이나 무지가 아니며, 더욱이 무관심도 아니다. 어떤 점에서는 끊임없이 열려 있는 입보다 내내 닫혀 있는 입이 훨씬 더 많은 말을 하고 있는지도 모른다. 그런 점에서 우리는 지금 세상에 가득 찬 저 속 시끄러운 말들보다도 묵묵히 자신의 오늘을 감내하면서 굳건히 삶을 밀고 나가는 저 닫혀 있는 수많은 입들에 더 귀를 기울여야 하는지도 모른다. 거기서 보석처럼 반짝이는 진짜 소리를 들어내는 것이 우리네 인간, 특히 인간다운 인간이고자 하는 사람들의 귀가 수행해야 할 진정한 과제일지도 모르겠다.

열린 입, 가벼운 입이 닫힌 입, 무거운 입보다 반드시 더 훌륭한 말을 담고 있는 것은 아니다. 적어도 언어에서는 양이 곧 질을 담보하지는 않는다. 경우에 따라서는 한마디의 말이 백 권의 전집을 능가하는 경우도 얼마든지 있다. (이를테면 공자의 '정(正)', 부처의 '도(度)', 소크라테스의 '지(知)', 예수의 '애(愛)'가 그런 경우다.) 이런 말들은 오직 위대한 입에서만 나올 수 있다. 말에도 입에도 질이 있고 격이 있다. 입의 질은 오직 그 혀 위에 올려지는 말의 무게로 결정되는 것이다. 이것을 우리는 '입의 철학'이라고 불러도 좋겠다. "번지르르한 말과 꾸미는 얼굴에는 인이 드물다(巧言令色, 鮮矣仁)"라고 말한 공자도 아마 틀림없이 고개를 끄덕여줄 것이라고 나는 믿는다.[19]

---

19) 이 글은 졸저 『진리 갤러리』에 게재된 것을 일부 수정 가필해 전재한 것이다. 주제 전개상 이 책에 포함시키는 것이 좋겠다고 판단했다.

코의 철학

주변의 한 아는 여성을 오랜만에 만났는데 뭔가 인상이 묘하게 달라진 느낌이었다. 그냥 그런가 보다 하고 지나쳤는데 들려오는 소문이 아무래도 성형수술을 한 모양이었다. 말로만 많이 들었지 주변에서 실제로 이런 사례를 접하는 것은 처음이라 멀리서 좀 유심히 살펴보았더니 정말로 그런 것 같다. 이런 것에 상대적으로 무심한 남자 입장에서는 '늦은 나이에 뭘 그렇게까지…' 하는 생각도 없지 않았지만 본인으로서는 그게 아니었나 보다 싶기도 했다.

하기야 "클레오파트라의 코가 조금만 낮았더라면 온 세상의 얼굴이 달라졌을 것"이라는 파스칼의 저 유명한 말을 생각해보면 사람의 얼굴에서 코라는 것이 차지하는 의미가 결코 만만한 것이 아님을 알수가 있다. 무엇보다도 코는 얼굴의 정중앙에 위치하고 있지 않은가. 그것이 사람의 인상을 결정하는 무시할 수 없는 부분이라는 것은 아무리 남자라도 인정하지 않을 수 없다. 평소에는 대부분의 사람들이 이 코에 대해 무심하지만 예컨대 서양 사람들과 같이 있을 때는 무엇보다도 이 코가 좀 신경 쓰인다. 나만 하더라도 비교적 콧날이 오똑하다는 소리를 듣는 편이지만 독일과 미국에서 살 때는 피부색이나 머리카락보다도 저들의 코가 유난히 눈에 띄었다.

그러고 보니 이게 그냥 사람의 인상에만 기여하는 것도 아닌 것 같다. "콧대가 높다"느니 "코가 납작해졌다"는 등의 표현을 보면 코는 사람의 마음 상태 내지 인격의 한 상징으로 쓰이기도 한다. 일본어 표현에서는 예컨대 뭔가가 자랑스러울 경우, "코가 높다(鼻が高い)"고 말하기도 한다. 같은 표현이 한국어와는 전혀 다른 의미라 좀 재미있다. 또 "코에 걸면 코걸이, 귀에 걸면 귀걸이" 같은 말처럼 코에는 이른바 '용도'도 있다. 실제로 코걸이를 하고 다니는 사람은 (일부 펑크족들 외에는) 거의 없지만, 예컨대 나처럼 안경을 끼는 사람들에게는 코의 존재가 필수불가결이다.

그런데 이런 것들은 사실 다 부차적이다. 생각해보면 코에도 그것의 본질은 따로 있다. 뭐니 뭐니 해도 그 기본적인 본질은 숨 쉬는 것이고 그 다음은 냄새 맡는 것이다. 보통 우리는 '이목구비'라고 해서 얼굴의 여러 요소들 중 코를 맨 나중에 거론한다. 알게 모르게 은근히 무시하는 것이다. '이비인후과'에서는 그나마 인후보다 먼저 거론되지만 귀에게는 역시 뒤로 밀린다. 코의 입장에서는 할 말이 없지 않을 것이다. "사실은 내가 젤 중요해요. 눈도 가만있지는 않겠지만 실은 눈보다도 내가 더 먼저예요. 눈을 감아도, 귀를 막아도, 입을 닫아도 뭐 별일 없잖아요? 그런데 코를 한번 막아보세요. 잠깐이라면 모르겠지만 한 몇 분만 지나보세요. 코가 가장 중요하다는 걸 인정하지 않을 수 없을걸요? 그렇잖아요. 목숨이 걸린 문젠데…" 그렇다. 코가 만일 작정하고서 파업을 한다면 우리는 코에게 당장 1번 자리를 내주지 않을 도리가 없다.

그런데 코는 거기다가 한 가지 역할을 더 해주고 있으니 참으로 기특하달까 고마운 존재가 아닐 수 없다. 냄새를 맡는 것이다. 이 기능은 사실 눈이나 귀나 입에 비하면 상대적으로 좀 덜 중요할지도 모르겠지만, 문화적으로 보면 결코 그 의미가 만만치 않다. 라일락, 아카시아, 장미 등등 저 축복과도 같은 향기들이 코 없이는 말짱 다 도루묵이다. 원천적으로 그 의미를 상실하는 것이다. 구수한 된장국도 최고의 와인도 다 소용없다. 어쩌면 아기와 엄마의 관계, 연인과 연인의 관계도 체취와 코가 없으면 아마 좀 난감해지는 부분이 없지 않을 것이다. 나는 향기의 문화적, 철학적 의미를 논한 적이 있는데, 그 모든 것도 다 코와 더불어 비로소 가능해진다. 향수는 물론, 화장품, 비누, 향초 등등을 생각해보라. 만일 코가 그 기능을 상실한다면 우리 인류의 산업의 한 축도 무너지게 된다.

코에게 결정적으로 의존하는 저 개들이나 코끼리나 코뿔소를 굳이 동원하지 않더라도 이만하면 코를 재인식할 이유는 충분하지 않을까? 더욱이 전문가들의 이야기를 들어보면 코는 그 안의 코털들을 통해 드나드는 공기의 필터 역할도 하고 있고 또한 점막을 통해 절묘하게 습기를 조절하고 유지하는 역할도 한다고 한다. 약 70퍼센트의 물로 이루어진 우리의 몸이 코의 그런 역할이 없다면 당장에 수분을 상실하고 균형이 깨져 생명을 잃게 된다고 한다. 그렇다면 이런 고마운 노릇이 어디 있는가. 코는 우리의 숨은 생명의 은인이었던 것이다.

몇 년 전 탈레반의 재판으로 황당하게 코가 잘리는 형에 처해진 아프가니스탄의 18세 여성 비비 아이샤가 전 세계적으로 화제가 되었었다. 그것은 이른바 '만행'의 한 상징이었다. 그런데 그때도 사람들은 저 천인공노할 히데요시의 만행을 기억하지는 못했다. 얼마 전 동료들과 함께 일본 교토로 문화기행을 갔다가 이른바 '미미즈카(耳塚)'(귀무덤)를 들렀다. 그런데 거기에는 실은 대부분 귀 아닌 코가 묻혀 있고 그 이름도 원래는 '하나즈카(鼻塚)'(코무덤)였다는 설명이 적혀 있었다. 너무 끔찍해 조금이라도 덜 잔혹해 보이는 것으로 그 이름을 바꾸었다는 것이다. 동료들과 함께 묵념하면서 나는 그 억울한 코들을 위해 '코의 철학'을 써야겠다고 마음먹었다.

무덤 속의 그 코들이 지금도 말해준다. 모든 것은 그 제자리에 있어야 한다. 특히 가운데에 있는 것들은 반드시 그만큼의 의미가 있다. 그것을 훼손하는 것도 철학적으로는 악이요 그것을 지키지 못하는 것도 또한 악이다. 우리는 지금 우리의 코를 제대로 지키고 있는 것일까? 바다 건너 일본을 보고 있으면 왠지 내 코가 좀 근지러워지는 느낌이 든다. 성형외과의 수술 칼은 잘 모르겠지만 왠지 히데요시의 저 '닛폰토(日本刀)'의 날카로운 쇠 냄새가 내 코에는 솔솔 풍겨오는 것 같다. 십만 양병을 외친 율곡의 상소문을 다시 한 번 읽어봐야겠다.

손의 철학

여의도 샛강으로 산책을 나갔다. 가지에 초록이 번지기 시작했다. 매화들도 꽃망울을 터트렸다. 바야흐로 봄이다. 하늘도 맑은 이런 날에 사람들이 없을 리 없다. 제법 사람들이 걷고 있었다. 짝지어 나온 커플들은 젊은이 늙은이 할 것 없이 손을 잡고 걷는다. 보는 내 얼굴에도 흐뭇한 미소가 피어난다. 얼마나 아름다운 풍경인가. 늙은 커플들의 손잡은 모습은 특히 그렇다. 한 시대 전만 하더라도 저런 모습은 거의 없었다. 그래선지 예전 독일 하이델베르크에 살고 있을 때 손잡고 산책하는 노인들을 보고는 작은 감동을 느끼기도 했었다. 그런 게 이제 서울에서도 아주 자연스러운 현상이 되어 있는 것이다. 좋은 일이다.

그런 모습을 보다가 문득 '손'이라는 것에 생각이 머무른다. 왜 다정한 사람들은 손을 잡는가? 손이란 무엇인가? 그런 생각. 순간이지만 "다정한 연인이 손에 손을 잡고~" 하던 저 제1회 대학가요제의 수상곡 「젊은 연인들」이 떠올랐고, "손에 손잡고 벽을 넘어서~" 하던 그룹 코리아나의 서울올림픽 기념곡도 떠올랐다. '손'에는 무언가 철학적인 의미가 있음에 틀림없다.

저 노래들이 알려주듯이 손은 사랑의 상징이요 화합과 협력의 상징이다. 손은 또한 도움의 상징이기도 하고 치유, 수선, 구원의 상징이 되기도 한다. 때로는 또 일의 상징이 되기도 한다. 의미의 발견 내지 확인을 위해 내가 자주 사용하는 수법이지만 이른바 '결여 가정'을 이 '손'에 대해서도 한번 시행해본다.

'만일 손이 없다면…'

그렇다면 당장 연인들이 서로의 따스함을 피부로 느낄 수 없고, 협력 파트너들도 함께 힘을 모아 벽을 넘는 게 힘들어진다.

만일 손이 없다면, 당장 수저질을 못하니 식사를 하기도 곤란해진다. 이건 장애가 있는 분들을 생각해보면 곧바로 그 심각성이 드러난다.

공장은 물론 손으로 하는 모든 일들도 멈추게 된다. 초등학교 때 배웠듯이 인간은 호모 파베르(공작인)인데 손이 없다면 이게 원천적으로 불가능해지는 것이다. 그러면 지구상의 거의 모든 물건들, 구조물들이 사라질 운명에 처하게 된다.

또 세상의 모든 엄마들도 곤란해진다. 아이가 열이 날 때 이마를 짚어줄 사랑의 손이 없는 것이다. 이유식을 입에 넣어줄 수도 없다. 딸아이의 머리를 땋아줄 수도 없다. 씻겨줄 수도 없다.

또 무엇보다도 전 세계의 모든 외과의들이 사라질 테니 의료 대혼

란도 불가피하다. 한의사들의 진맥도 침술도 사라진다.

세상의 모든 저술가, 연주가, 지휘자, 화가들도 결정적인 난관에 부딪친다. 모든 문화의 붕괴가 오고 인류는 더 이상 위대한 존재일 수가 없게 된다. 그 모든 것이 다 인간의 손에서 비롯된 것이다.

좀 다른 의미지만 어려운 처지의 사람들에게 향하던 도움의 손길도 차단된다. 구세군 냄비에 돈을 넣기도 어려워진다.

아, 그리고 예수 그리스도도 곤란하시겠다. 그분은 손만 갖다 대도 아픈 사람들이 다 나았다는데 그 손이 없다면 참 큰일이 아닌가. 어디 그것뿐인가. "오른손이 하는 일을 왼손이 모르게 하라"고 가르쳤는데, 이 숭고한 도덕이, 즉 '손의 윤리'가 사라지게 되는 것이다. 그분의 이 윤리를 열심히 전파하면서 이른바 '생색'을 경계해온 나도 할 말이 없게 된다. 물론 내가 쓴 저 시도 원천무효가 되고 만다.

손

나의 손
숟가락만 드는 것이, 아니라네
펜만 쥐는 것도, 아니라네
폰이나 리모컨을 더듬는 것은 그저 다만
일상을 위한 덤일 뿐

아파하는 그대여
그대 시린 가슴을 어루만지기 위해

그대 굽은 등을 토닥이기 위해
그대 허전한 손을 맞잡기 위해
나의 손은 이렇게 아직
따뜻한 것이라네

나의 이 손은 위로의 손
총칼을 위한 손이 아니라네

나만이 아니다. 일본의 저 유명시인 이시카와 타쿠보쿠(石川啄木)
의 시도 의미를 상실한다.

한줌의 모래

일해도
일해도 여전히 나의 생활 편치가 않네
가만히 손을 들여다보네

一握の砂

はたらけど
はたらけど猶わが生活楽にならざり
ぢっと手を見る

그에게 손은 아마도 생활과 직결되는 '일'의 주체였음에 틀림없다.

물론, 있어서 곤란한 손도 없는 것은 아니다. 이를테면 소매치기의 재빠른 손이나 조폭의 주먹, 그리고 뇌물을 받는 공무원의 시커먼 손 기타 등등.

그리고 저 디즈니의 〈겨울왕국〉에 나오는 엘사의 얼음손. 그건 어쩌면 사람의 손이 차가운 손이 된다는 게 얼마나 무서운 일인지, 사람 손이 왜 따뜻해야 하는지를 역설적으로 보여주는 것이 아니었을까.

그리고 또 저 그리스신화에 나오는 미다스의 손. 그것도 역시 사람의 손이 황금만을 탐하면 얼마나 끔찍한 일이 벌어지게 되는지를 역설적으로 보여준 것에 다름 아니었다.

이 모든 생각들은 결국 "손은 따뜻한 '사람의 손'이어야 한다"는 당위로 되돌아온다. 저 불후의 미녀 오드리 헵번도 이런 손의 철학을 체득한 사람이었음에 틀림없다. 그렇지 않다면 어떻게 저 아름다운 말을, 그녀의 얼굴보다도 더 아름다운 말을 남길 수가 있었겠는가. 1992년 그녀가 세상을 뜨기 1년 전 크리스마스 이브에 아들에게 남긴 말의 일부를 다시 한 번 음미해본다.

[…]

결코 누구도 버려서는 안 된다.

기억해라… 만약 도움의 손이 필요하다면

너의 팔 끝에 있는 손을 이용하면 된다.

네가 더 나이가 들면 손이 두 개라는 걸 발견하게 된다.

한 손은 너 자신을 돕는 손이고

다른 한 손은 다른 사람을 돕는 손이다.

참으로 어여쁜 그녀가 아닐 수 없다. 할 수 있다면 천수관음(千手觀
音)에게 부탁해 천 개의 박수를 그녀에게 보내고 싶다.

발자국의 철학

한참 전의 일이다. 이사를 했다. 짐 정리를 하다가 앨범을 툭 떨어뜨렸는데 그게 펼쳐지면서 갈피에 끼워두었던 딸아이의 출생 기념 발도장이 바닥에 떨어졌다. 사는 게 바빠 오랫동안 못 본 탓인지 어떤 아련한 그리움 같은 것이 가슴 깊은 곳에서 번져나왔다. 너무너무 작고 귀여웠다. 그 보송보송한 느낌도 아직 손끝에 남아 있다. 어느새 어엿한 어른으로 성장했지만 그 발은 아직도 작고 예쁘다. 그런데 생각해보니 이 작은 발이 그동안 참 여러 곳을 밟으며 나름의 삶을 살아왔구나 싶었다. 그 무수한 발자국들이 어찌 보면 곧 이 아이의 인생의 기록이 아닐까 싶기도 했다. 하기야 그런 것을 우리는 보통 '족적'이라는 말로 부르기도 했던가.

우리 시대야 그런 발도장 같은 것을 찍어 남겨두는 부모님들이 거의 없었지만, 그렇다고 그 작은 발자국이 어딘가에 찍히지 않았을 리는 없을 터. 나는 문득 나 자신의 그 작은 발자국이 그리워졌다. 나는 그 발자국이 그 이후 어디어디에 찍히게 되었는지를 선명하게 기억한다. 그것들은 물론 곧바로 지워지면서 이제 그 누구의 눈에도 보이지는 않지만 염라대왕이 관장하는 시간 창고의 어딘가에는 아마 고스란히 그 기록들이 보관되어 있을지도 모른다. 나는 그것을 머릿속에 그려봤다. 그리고 그것은 한 편의 시가 되었다.

남은 발자국

마음에 지도를 펼쳐놓고
반백년 다닌 자취를 표시해본다
어디에 발자국이 있는지
어디에 발자국이 없는지

마른 곳 진 곳
나의 정체가 고스란히 드러난다

찍지 못한 발자국들이 문득
스멀스멀 살아나 내 머리를
등을
꼬리를 밟으며 지나간다

내 안에서 뭔가가 슬금슬금

신발끈을 살핀다

푸른 곳으로 가야겠다

돌이켜보니 나의 작은 두 발은 참 많은 곳을 돌아다녔다. 그 발자국은 물론 집과 학교, 집과 직장에, 그리고 그 도상에 가장 많이 찍혀 있다. 그 사실 자체가 인생의 진실 한 자락을 너무나 적나라하게 보여준다. 하지만 그게 다는 물론 아니다. 그것은 지금은 사라진 만화가게로도 향하고 있고, 친구들 집으로도 향하고 있고, 그리고 '그녀'의 집 앞을 서성이고 있기도 하다. 그것은 또한 전국 방방곡곡은 말할 것도 없고 일본, 중국, 독일, 미국의 여기저기에도 수두룩하다. 그 모든 발자국들을 생각해보면 한순간 정신이 아득해지는 느낌이 들기도 한다.

그런데 참 묘하고도 묘한 것이 그 발걸음 내지 발자국들은 우리가 잘 의식하지 못하는 어떤 절대적인 힘에 의해서 이끌린 것이 아니었던가 하는 것이다. 그것은 갈 수밖에 없어서 간 것이거나 혹은 좋아서 간 것이거나, 그런 무언가가 있는 것이다. 그런 생각에 이런 시를 쓴 적도 있다.

어느 친절한 적막의 화두

왜 나는 산으로 갔을까?
하늘은 눈부시게 푸르고 바람조차 고운 날
스무 살 뜨거운 몸뚱아리로

그때 나는 왜 산으로 갔을까?

왜 나는 강으로 갔을까?
낮달이 아는 듯 모르는 듯
비밀스런 마음 한 자락 꽃인 양 가슴에 품고
왜 하필 나는 강으로 갔을까?

왜 나는 그때 숲으로, 그리고 바다로,
나비가 꽃으로 가듯, 갔을까?

반백년 숱한 발걸음들을 되돌아보며 나는 묻는다

이 물음들 속에 오래 찾던 진리가 숨어 있음을
여기저기 숨어서 웃고 있음을
어느 친절한 적막이 넌지시 알려준다

무심한 강아지 한 마리 지나간다. 진리다
해는 구름 속에 숨었다가
다시 얼굴을 내밀고 따스하게 웃는다. 진리다

만유는 저리도 착실하고, 그리고 푸르다
무릇, 이와 같다

산, 강, 숲, 바다… 나의 발걸음이 향했던 곳들. 그곳들은 그냥 무조건적으로 좋았던 곳이었고, 그런 '좋음'이 나의 발길을 그리로 이끈 것이었다. '발길은 좋음에 의해 이끌린다'는 것, 나는 그런 것을 '진리'의 일부로 파악했다. 그런 진리에 의거해 나는 지금도 틈만 나면 한강변 산책길과 학교 뒤 봉림산에 나의 발자국을 찍기도 한다.

그런데 또 하나 참 묘한 것이, 사람들의 발걸음은 그렇게 대개 각자의 고유한 관심을 반영하고 있다는 것이다. 산에 관심이 없는 사람은 절대로 산에 발자국을 찍지 않는다. 책에 관심이 없는 사람은 서점이나 도서관에 발자국을 찍지 않는다. 그런 점에서 '발자국이란 곧 그 사람의 인격이요 정체'라고도 말할 수 있다.

그래서 그 발자국들은, 내 식으로 말하자면 주로 '마른 곳'에만 찍히게 된다. 이른바 '진 곳', 즉 불편하고 어려운, 따라서 싫은 곳은 피해서 가게 마련인 것이다. 대개의 사람들이 다 그렇다. 부끄럽지만 나라고 별반 다를 바 없다. 살아오는 게 비록 정신없는 것이었다고 해도 한번쯤은 고단하고 짐 진 자들의 곁에 나란히 그 발자국을 찍어줄 수도 있는 일이었다. 또 그래야만 하는 일이었다. 나는 그런 것을 지금도 부채의 하나로 여기고 있다. 그래서 나는 저 시에서 '남은 발자국'을 고민한 것이다. 돌아보면 결코 적지 않은 사람들이 그런 '진 곳'에 자신의 발자국을 남겨놓았다. 그 발자국들이 이 세상을 그나마 '푸른 곳'으로 만드는 데 얼마나 크게 기여했던가.

나는 요사이 학교 강의는 물론 나에게 주어지는 온갖 외부 강연 자리에 기꺼이 그리고 부지런히 나의 발자국을 찍고 있다. 그 자리에 나는 비록 눈에 보이지는 않겠지만 공자, 부처, 소크라테스, 예수의 발자국을 함께 찍어놓는다. 40여 년에 걸친 내 철학공부의 귀착점이 바로 이분들이다. 특히 예수의 행적은 놀라운 것이다. 30여 년에 걸친 그의 짧은 삶에서 그의 발걸음이 가장 빈번히 향했던 곳은 '아픈 사람'이 있는 곳, '소외된 사람'이 있는 곳, '수고하고 짐 진 사람'이 있는 곳, 그런 곳이었다. 그의 발걸음은 물론 기본적으로 '구원'의 발걸음이었지만, 구체적으로는 무엇보다도 치유의 발걸음, 가르침의 발걸음이었다. 그 발걸음이 지금도 저 이스라엘 이곳저곳에 투명한 빛으로 남아 있는 것이다.

나는 한 사람의 철학자로서, 시인으로서, 선생으로서, 함께 이 힘든 세상을 살아가는 인간으로서, 동시대의 친구들에게 바로 이런 '발자국 찍기'를 하나의 숙제로 권하고 싶다. 한번 생각해보시기 바란다. 당신의 지금까지의 발자국들은 과연 어디어디에 찍혀 있으며, 그리고 앞으로 당신은 과연 어디어디에 당신의 그 늙은 발자국을 찍을 것인가? 제발 저 잘 만든 신발 보기에 부끄럽지 않은 그런 발들이 되어줬으면… 그렇게 나는 바라고 있다.

의자의 철학

"딩동!" "택배 왔습니다!"

며칠 전에 주문한 의자가 왔다. 몰랐었는데 조립식이었다. 딸과 함께 끙끙거리며 의자를 완성했다. 나름 재미있었다. 앉아보니 느낌도 나쁘지 않다. 만족했다. 그 의자에 앉아 이 글을 쓴다.

아무래도 무슨 직업병인지 나는 닥치는 대로 사물이나 사안에 대해 그 본질을 물어보는 습성이 있다. 어쩌면 대학 1학년 때 처음 철학을 배우면서 '진정한 ○○란 무엇인가?'를 철저하게 물어대던 소크라테스의 영향을 받은 건지도 모르겠다. 그래서 그런지 나는 지금 또 습관적으로 '의자란 무엇인가?'라는 물음을 던지고 있다. 그 본질을 묻는 것이다. 일반의 눈으로 보면 좀 별나 보일 수도 있겠으나 철학자라는 자가 이 정도의 습관조차도 없다면 그 또한 사이비일지도 모를 일이다.

아무튼 나는 이 물음에 대해 속으로 대답한다. 의자란 앉는 것이다. 그렇다면 왜 앉는가? 편하기 위해서 앉는다. 또는 편하게 무언가를 하기 위해서 앉는다. 아리스토텔레스의 지적대로 일체 존재에는 질료, 형상, 동력, 목적이라는 네 가지의 원인이 있다. '위해서'라는 '목적'도 그 원인의 하나인 것이다. 의자에도 각각의 목적이 있다. 그 목적 속에 의자의 본질이 있다. 이런 생각을 하다 보니 꼭 하고 싶은 말이 하나 떠올랐다.

이 세상에는 거의 인구의 수에 맞먹는 의자들이 있는데, 이 의자라는 것이 실은 천차만별, 제각기 다 다른 것이다. 모양이나 재질은 물론 거기에 앉게 되는 엉덩이들도 다 다른 것이다. 엥? 엉덩이야 다 그게 그거지 뭐가 다르다는 말인가. 하지만 다 그게 그거라고 생각한다면 큰 오산이다. 그 엉덩이가 '누구'의 엉덩이냐에 따라 그것에는 천양지차가 있다. 아닌 말로 청와대 집무실의 육중한 의자에 걸터앉은 대통령의 엉덩이와 양수리 물가의 접이식 의자에 쪼그려 앉은 한가한 낚시꾼의 엉덩이가 같을 수는 없는 것이다.

무릇 의자란, 철학적으로 볼 때 하나의 '자리'를 상징한다. (독일의 대학에서는 특정 분야의 교수직을 아예 '교좌(Lehrstuhl)'라는 말로 부르기도 한다.) 그 자리들에는 각각 '역할'이라는 것이 부여돼 있다. 1960년대에 크게 유행했던 최희준의 노래「회전의자」도 그것을 알려준다. "빙글빙글 도는 의자 회전의자에~" 하는 그런 의자는 출세한 '높은 사람'이 앉아서 뭔가 중요한 일을 하는, 보통과는 다른 의자인 것이다. 그런 만큼 모든 의자에는 그 역할을 제대로 잘할 수 있는 제대로 된 엉덩이가 앉지 않으면 안 된다. 같은 의자라도 거기에 누가 앉느냐에 따라 그 결과는 판이하게 다르다.

우리가 사는 이 세상의 '문제들' 중에는 실은 이 의자에 앉은 잘못된 엉덩이에서 비롯되는 게 무수히 많다. 엉뚱한 사람이 엉뚱한 의자에 앉아 그 의자가 해야 할 일을 제대로 해내지 못하는 데서 '문제'라는 것이 생겨나는 것이다. 유명한 공자의 '정명사상'이나 플라톤의 '이상국가론' 같은 것도 그 바탕에는 실은 이러한 상황 인식이 깔려 있다. 왕이나 신하나 부모나 자식이라는 이름이 그 이름값을 못하고 있으니 그것을 바로잡아야 한다는 것이 공자의 철학인 것이고, 통치자와 수호자와 생산자가 각각 그 본질인 지혜, 용기, 절제라는 덕을 제대로 알지 못하고 실현시키지 못해 문제가 되니 그것을 제대로 해야 종합적인 국가의 덕인 정의가 실현될 수 있다는 게 플라톤의 철학인 것이다. 공자든 플라톤이든 또 다른 누구든 사회, 국가, 세상과 관련된 정치철학이라면 일언이폐지왈, '자리 값 제대로 하기', 즉 '제대로 된 엉덩이가 제대로 된 의자에 앉아 제대로 된 일을 해야 제대로 된 세상이 구현될 수 있고 제대로 된 삶을 살 수 있다'는 것이 그 핵심이지 않으면 안 된다.

우리 사회의 현실을 둘러보면 오늘도 지금 이 순간도 대통령 자리에서 9급 공무원 자리에 이르기까지 의자를 둘러싼 다툼은 치열하기가 이를 데 없다. (무릇 세상의 의자들이란 다 살벌한 쟁탈전의 대상이 된다.) 그런데 그 결과는 어떠할까? 과연 그 자리에 가장 합당한 사람이 제대로 그 자리에 앉고 있는 것일까? 나는 그렇지 못한 경우들을 지금껏 주변에서 너무나 많이 보아왔다. 그 결과가 지금 우리가 보고 있는 이 한심하고 염려스러운 엉망진창의 현실인 것이다.

이런 이야기를 들으면 엉뚱한 자리에 앉아 엉덩이가 좀 근질근질한 사람이 있을지도 모르겠다. 아니 그 정도만 돼도 그래도 양심은 있는 편이다. 남의 자리를 가로채듯 차지한 대부분의 뻔뻔한 엉덩이들은 스스로 그 자리를 망치는 줄도 모르고 눌러앉아 그 자리를 떠나지 않으려 별의별 수단을 강구하기도 한다. 그런 사람들에게는 어쩌면 정신이 번쩍 드는 얼음 의자나 앉자마자 튕겨 나가는 용수철 의자 같은 것을 하나 만들어줘야 할지도 모르겠다. 그런 의자는 도대체 어디에 주문을 하면 되는 걸까? 택배는 해주는 걸까?

옷의 철학

저 꿈 많았던 청춘 시절에 어쩌면 그다지 청춘답지 않을지도 모를, 아니 어쩌면 너무나 청춘다울지도 모를 꿈이 하나 있었다. 언젠가 나도 결혼이라는 것을 하게 되겠지. 그럼 아이들도 있을 수 있겠지. 만일 그중에 딸이 있다면 그리고 그 녀석이 크게 된다면 같이 백화점을 돌아다니며 그 녀석의 옷을 골라주며 좋아하는 모습을 보고 싶다. 그런 거였다.

지난 주말, 보스턴 시내의 한 쇼핑몰에서 딸과 옷을 골랐다. 어쩌면 딸보다 아빠인 내가 더 신이 났었던 것도 같다. 결국 아무것도 '건지지'는 못했다. 숫자는 엄청나게 많았지만 손이 갈 만한 것은 거의 없었다. "무슨 미국이 뭐 이래…" 하면서 누구나 할 듯한 말로 투덜거리며 딸과 나는 다른 한 고급 매장으로 발길을 돌렸다. 괜찮은 것이 몇 개 있기는 했다. 그런데… 당연할지도 모르겠다. 엄청난 가격표가 붙어 있었다. 재벌이 아니라서가 아니라 이건 좀 너무하다 싶어 다음을 기약하기로 했다.

미국 아줌마들도 아가씨들도 옷 고르는 모양새는 하나도 다를 바가 없었다. 그 고르는 모습, 계산대에 줄을 서 있는 모습이 나름 인상적 이어서, '도대체 옷이란 무엇인가?' '입는다는 것은 어떤 의미인가?' 하는 철학적인 질문이 연기처럼 피어올랐다.

생각해보면 참 묘하다. 이 지상에 존재하는 저 무수한 생명체 중에 오로지 우리 인간들만이 저 자신의 가죽이나 털이나 깃털이 아닌 제3 의 무언가로 제 몸을 감싸고 있는 것이다. 초등학교 때 읽은 어떤 책 에 따르면 자연 상태로는 제 몸도 지키지 못하는 인간의 그 못남, 모 자람이 역으로 '문화'나 '문명'을 가능케 했다고 되어 있었다. 그럴싸 했다. 언제부터 그리고 어떻게 인간들이 몸에다 옷을 걸치기 시작했 는지 알 길은 없다. 이른바 '최초'로서 알려져 있는 것은 저 에덴동산 에서 이브와 아담이 선악과를 몰래 따 먹고 부끄러움을 안 뒤 부끄러 운 곳을 가리기 위해 걸쳤다는 저 무화과 잎이 옷의 시초라는 것이다. 성경이라는 것은 이런 이야기까지 들려주고 있으니 참 대단한 책임에 틀림이 없다. 그리스신화에는 뭐 그런 이야기가 없었던가? 잘 기억이 나지 않는다. 나중에 의류학과 교수님들께 한번 물어봐야겠다. 아무 튼….

시작은 하여간에 옷이라는 것은 그 후 언젠가부터 단순한 '가림'이 나 '보온'의 기능을 넘어 '문화'의 경지에 들어섰다. 신분사회에서는 옷이, 특히 그 색깔까지, 신분의 상징이 되기도 했다. 김춘추 시대의 신라가 고유의 복식을 버리고 중국의 그것을 공식적으로 채택한 이야기는 유명하다. 그것은 이미 옷이라는 것에 국제정치의 역학관계마저 개입되었다는 것을 의미한다. 지금 우리가 양복을 입고 있는 것도 마찬가지다. 이른바 의관을 정제하는 것은 유교의 한 덕목이 되기도 했다.

지금의 우리에게 옷의 의미는 과연 무엇일까? 아마도 패션이 그 답 중 하나에서 빠질 수는 없을 것 같다. 소위 기능은 패션에 가려 오히려 부차적인 것도 같다. 몇 년 전 아내와 함께 〈패션 70's〉라는 이요원의 드라마를 재미있게 본 기억이 난다. 그리고 어떤 음악회에서 청중석의 앙드레 김 씨를 둘러싸고 사람들이 사진을 찍겠다며 난리법석을 치르던 일도 생각이 난다. 알다시피 그는 저명한 패션 디자이너였다. '패션'이라는 것이 우리네 삶의 만만치 않은 큰 부분이 되었음을 증명하는 사례이리라. 어떤 옷들은 아예 예술의 경지에까지 올라가 있다.

그런데 패션도 패션, 예술도 예술이지만 나는 때로 누군가가 몸에 걸쳤던 옷이 소더비 같은 데 나와 경매되는 것을 흥미롭게 지켜본다. 그 옷 자체야 사실 금실 은실로 짠 것이 아닌 이상 뭐가 그렇게 다르겠는가. 하지만 그런 옷들이 금실 은실로 짠 옷들보다 더 비싸게 팔리기도 한다. 그 '가격'이 말해주는 '가치'는 무엇일까? 그것은 그 '사람'의 가치인 것이다.

소위 '예수의 수의'라는 것이 거듭 세상의 관심이 되기도 한다. (〈성의〉라는 제목의 영화도 있다.) 신의 아들이라는 예수도 일단 사람의 몸으로 사람의 삶을 살았으니 옷을 입었을 것이다. 성경에 보면 예수를 십자가에 못 박기 전 그 옷을 벗기고 자색 옷을 입혀 온갖 모욕을

주고 다시 본인의 옷을 입혀 십자가에 못 박는데 사람들이 그 옷을 서로 차지하려고 제비를 뽑고 하는 장면이 전해진다. 지금 생각해보면 기가 찰 일이다. 그게 실제로 있었던 것이다. 그런데 그의 그 보잘것없는 옷이 만약 소더비에 나온다면 과연 얼마만큼의 황금으로 그 옷을 살 수 있을지….

또 그 정도는 아니더라도 저 견유학파의 철학자 디오게네스, 대정복자 알렉산드로스 대왕이 소원을 물었을 때도 그저 햇빛을 가리지 말고 비켜달라고만 부탁했던 저 디오게네스가 걸치고 다녔다고 하는 옷, 버려진 천 조각에 불과했던 그의 그 옷 같지 않은 옷도 만일 지금 존재한다면 그 가치가 제법 만만치는 않을 것이다.

옷의 진정한 가치는 그것이 누군가의 몸에 걸쳐지는 그 순간 비로소 결정된다. (비단옷도 악인이 걸치면 빛이 바래고 누더기옷도 성자가 걸치면 보배가 된다.) 가격표의 가격은 제아무리 길어야 10년을 가지 못한다. 하지만 누군가의 옷은 썩어 누더기가 되어도, 피로 얼룩져 더러워져도, 결코 그 가치를 잃지 않는다.

사람들은 "옷이 날개"라고들 한다. 그래, 그건 그렇다. 철학자라고 굳이 그것까지 트집 잡을 생각은 없다. 하지만 그 날개를 달고 우리가 과연 어떤 하늘을 날아야 할지는 한번쯤 생각해볼 필요가 있지 않을까. 부디 그 예쁜 날개를 쓰레기통에서 퍼덕거리지 말고 저 아름다운, 우아한 무지개를 향해 날기 바란다.

방의 철학

'인간의 진정한 거주는 방에서 이루어진다. 그 방의 운명은 그 방의 주인이 거기서 무엇을 하느냐에 따라 결정적으로 달라진다.'

보통 외국 여행을 하다 보면, 지금까지 익숙했던 풍경과는 사뭇 다른 도시 풍경을 접하게 되고 거기서 신선한 재미를 느끼기도 한다. 그 중에서도 큰 비중을 차지하는 것이 아마도 건축물이 아닐까 싶다. 예컨대, 파리나 뉴욕이나 로마 등등은 건축물들이 곧 관광상품이며 심지어 그 도시 자체라고 해도 크게 틀린 말은 아닐 것이다.

그런데 단순한 관광이 아니라 그곳에서 한동안 생활을 하게 되는 경우가 생기면 조금씩 그 풍경에 익숙해지고 나아가 그 건축물들을 들락거리며 그곳이 생활공간이 되기도 한다. 전 세계의 수많은 관광객들이 북적거리는 하버드대학, 그 한 건물에서 세미나를 마치고 나오다가 어느 날 문득 그런 생각이 들었다. 건축물이란 그냥 하나의 구경거리, 하나의 거대한 덩치로만 존재하는 것이 아니라 그 안에는 수많은 '방'들이 있지 않은가. 이 방들은 다 제가끔 자신에게 고유한 용도를 가지고 존재하는 것이 아니었던가. 이를테면 강의실, 연구실, 사무실 등등. 그것들이 그 건물의 의미를 비로소 구성해주는 것이 아니었던가. (아파트 같은 주거용 건물이라면 침실, 거실, 서재, 주방, 욕실 등등이 각각 그 거주의 의미를 구성한다.)

물론 애당초 방이라고 하는 것은 가혹한 자연으로부터 우리를 보호하기 위해 만들어졌을 것이다. 그것이 가장 기본적인 본질임에는 틀림없다. 요즘 즐겨 보는 〈초원의 집〉이라는 미국 드라마의 한 에피소드에, 주인공 가족이 마차로 여행을 떠났다가 눈보라를 만나 헤매던 중 버려진 빈집을 하나 발견하고 피신을 하게 되는데, 거기서 주인공 찰스가 "벽 네 개와 지붕 하나가 있으니 이제 됐군" 하고 말하는 장면이 나온다. 그래, 아마도 그렇게 방이라는 것은 시작되었을 것이다.

그러나 역사의 진행 속에서는 모든 것이 발전 내지 변화의 길을 걸으며 방 또한 그렇게 변화해왔다. 어떤 방이나 대체로는 네 개의 벽과 하나의 천장을 가지고 있으나, 어떤 것은 대통령의 집무실이 되고 어떤 것은 강의실이 되며, 어떤 것은 증권사 객장, 어떤 것은 공장, 침실, 콘서트홀, 전시장, 공연장, 유치장 등등이 된다. 피씨방, 노래방, 금은방처럼 아예 방이 업소의 명칭이 되기도 한다. 벽과 천장은 다 같은 것이건만 그 운명들은 용도에 따라 천차만별로 갈라진다.

예컨대 베르사유 궁전의 거울의 방이나 마리 앙투아네트의 침실, 윈저성의 워털루 기념실, 혹은 하이델베르크대학의 학생감옥, 오사카

성에 있는 도요토미 히데요시의 황금다실 등은 방 그 자체가 관광상품으로서의 가치를 지니고 있다. 독일 본에 있는 베토벤의 방이나 튀빙겐에 있는 횔덜린의 방, 네덜란드 암스테르담에 있는 안네 프랑크의 방 또한 마찬가지다. 안중근이 갇혀 있던 뤼순 감옥의 감방, 그리고 아우슈비츠에 있는 가스실은 또 다른 의미에서 우리의 눈길을 오랫동안 머물게 한다. 그런 많은 '특별한 방'들이 있다.

이런 것을 생각해볼 때, 우리는 우리의 삶에서 주어지는 방들을 어떤 용도로 사용해야 할지를 각자 하나의 과제로서 떠안게 된다. 결국은 그 방을 사용하는 사람이 어떤 사람이며 거기서 어떤 생각을 가지고 어떤 일을 하느냐가 그 방의 운명을 결정하게 된다. 대통령의 집무실도 거기서 대통령이 역사의 물줄기를 돌려놓을 수 있는 중요한 결제를 한다면 위대한 공간이 되겠지만, 같은 그곳에서 어떤 부적절한 행위를 한다면 한갓 가십의 배경으로 전락하게 된다. 한편, 비록 천막으로 만들어진 초라한 간이공간 같은 방에서도 만일 인간과 세계를 염려하는 진지한 대화가 오고 간다면, 그리고 거기서 어떤 위대한 인물이나 작품이 길러진다면, 그 방은 그 어떤 황금의 방보다 더욱 찬란하게 빛나는 공간이 될 수도 있을 것이다.

그러니 가끔씩은 창문을 열고 맑은 공기를 갈아 넣으며 한번 진지하게 생각해보기로 하자. 지금 나는 이 방에서 도대체 무엇을 하고 있는지….[20]

---

20) 이 글은 졸저 『진리 갤러리』에 게재된 것을 일부 수정 가필해 전재한 것이다. 주제 전개상 이 책에 포함시키는 것이 좋겠다고 판단했다.

벽의 철학

창문을 포함한 네 개의 벽들이 나를 에워싸고 뭔가 위압적인 분위기 속으로 나를 몰아넣는다. 하지만 벽이야 그냥 벽으로서 거기에 있을 뿐 그것 자체가 무언가를 어찌할 리는 없을 터. 당연한 이치다. 몇 가지 답답한, 그리고 힘겨운 현실들이 나로 하여금 벽을 벽으로서 인식하게 만들었을 게 틀림없다.

문득 '벽'이라는 것이 하나의 철학적인 개념으로서 무겁게 우리에게 다가오던 장면이 생각난다. 이 단어를 인상적으로 철학의 무대에 올려놓은 것은 실존철학자 야스퍼스였다. 그는 이른바 '한계상황'이라는 것을 이야기했다. 이를테면 죽음, 고뇌, 싸움, 책임 같은 것. 그런 것을 그는 "우리가 거기에 부딪쳐 난파하게 되는 벽과 같은 것"이라고 설명했다. (이 네 가지 외에도 그런 벽들은 많다.) 그의 이 말은 1970년대의 내 청춘 속에서 한동안 하나의 육중한 진리로 각인되었다. 아마도 붙잡을 것 하나 없는 청춘의 불안, 시대의 혼돈, 그리고 그것들과 짝을 이룬 한 개인으로서의 나의 무력함이 그 바탕에 깔려 있었으리라.

그 이후의 40년 세월, 나는 무수한 벽들을 마주했던 것 같다. 다른 사람이라고 다를 바 없다. 어쩌면 벽들과의 만남이 곧 인생 그 자체인지도 모르겠다. 그렇다면 이 벽들을 대하는 태도가 곧 삶의 문제가 아닐 수 없다. 가장 바람직하기로는 벽을 만나지 않는 일이다. 하지만 그런 요행은 우리 인간에게 결코 일어나지 않는다. 벽과의 만남은 불가피한 필연이다.

그렇다면 벽 앞에서 우리는 어찌해야 하는가? 낮은 벽, 얇은 벽이라면 넘거나 뚫을 수가 있다. 스스로의 노력으로 혹은 누군가의 도움으로 우리는 그 벽들을 통과해 간다. 통과한 다음에 뒤돌아보면 누군가가 그 사다리 혹은 해머의 역할을 해주었음이 더욱 확연히 드러난다. 벽과 함께 그런 사다리나 해머가 동시에 존재한다는 것은 인생살이, 세상살이의 큰 매력이자 구원이기도 하다. 하지만 그런 고마운 경우가 흔하지는 않다.

문제는 그 벽이 쉽게 넘을 수도 뚫을 수도 없는 경우다. 그것이 그야말로 '한계상황'이 되는 그런 경우다. 우리 불쌍한 인간들은 그런 벽 앞에서 좌절하고 절망하고 난파하고 표류한다. 그 끝에서 누군가는 폐인이 되기도 하고 심각하게 병들기도 하고 더러는 참담한 최후를 맞기도 한다. 그런데 석가모니 부처와 예수 그리스도의 경우는 참으로 특이하다. 그리스도는 생사불문 온몸으로 그 벽에 부딪쳤고 부처는 그 벽을 아예 벽이 아니라고 인식했다. 그렇게 함으로써 그분들은 스스로를 거룩한 존재로 승화시켰다. 소크라테스 역시 그렇게 벽을 넘었다. 우러러보아야 할 태도들이 아닐 수 없다. 그러나 아무나 쉽게 흉내 낼 수 있는 일은 물론 아니다. 하지만 그분들 이후 그런 식으로 벽을 통과한 사람들이 아예 없는 것도 아니다. 흔치 않은 그런 사람들을 우리는 성자 혹은 고승이라고 부르기도 한다.

그런데 벽은 개인적, 실존적인 차원에만 있는 것도 아니다. 사회적, 국가적 차원에도 벽들이 있다. 우리의 사회적 현실에도 실제로 무수히 많은 벽들이 존재했고 존재하고 있으며 그리고 존재할 것이다. 작금의 한국사회에도 거대한 벽들이 버티고 있다. 돈 이외의 모든 가치들을 블랙홀처럼 빨아들이며 초토화시키고 있는 자본의 전횡, 거의 사멸돼가는 인문정신, 한 치 앞도 내다보지 못하는 무능한 정치, 선거만 끝나면 국민은 안중에도 없는 오만한 권력, 배타적인 고집과 편견에 기초한 진영 대립, 곰팡이처럼 도처에 서식하는 부정과 부패, 불합리와 비효율과 무질서와 불결함…. 어디 그것뿐인가. 북한, 일본, 중국, 미국… 국제적인 상황들도 모두 벽이다. 언뜻 보기에 이 벽들은 어떠한 사다리로도 넘을 수 없고 어떠한 해머로도 무너뜨릴 수가 없을 것 같다. 이것들은 예전의 저 베를린 장벽은 말할 것도 없고 중국의 저 만리장성보다도 더 높고 견고해 보인다.

우리는 이 막막한 개인적, 사회적 벽들에 부딪쳐 속절없이 난파할 수밖에 없는 것일까? 그럴지도 모르겠다. 우리가 할 수 있는 것은 기껏해야 그것들을 향해 계란을 던져보는 정도일 것이다. 하지만 그런 무모한 도전도 의미가 전혀 없지는 않을 터. 시도는 해보는 것이 어떻겠는가. (인간을 지금과 같은 존재로 만든 것은 언제나 '그럼에도 불구하고'라는 저 불굴의 정신이었다. 우리들의 역사도 그러했다.) 떨어지는 물방울이 바위를 뚫을 수도 있다고 하지 않던가. 그리고 저 〈쇼생크 탈출〉의 앤디도 한낱 조각 도구로 그 견고한 감옥의 벽을 뚫고 나오는 데 성공하지 않았던가. 그런 불굴의 정신에게 들리는 벽의 언어는 어쩌면 '꼼짝 마!' 가 아니라 '넘으라!' 혹은 '뚫으라!'라는 것이 아니었을까?

포기한다면 벽은 언제까지나 벽으로 버틸 것이다. 하지만 도전하는 자에게는 언젠가 그 벽은 조그만 구멍을 허용할 수도 있다. 그 구멍이 넓어지면서 벽은 무너진다.

지금 내 인생도 사방이 벽이다. 하지만 나는 그 벽에 부딪쳐 난파하고 싶지 않다. 나는 지금 조그만 바늘 하나를 들고 호부작호부작 그 구멍을 후비고 있다. 언젠가 나는 이 벽을 통과할 것이다. 신에게 그 허락을 기도한다.

벽돌의 철학

동료들과 어울려 중국 여행을 갔던 길에 북경 외곽의 저 유명하고도 유명한 만리장성에 올라보았다. 중국 어디를 가나 느끼는 바지만 하여간 저들의 저 '규모', '크기'에 대해서는 그저 벌어지는 입을 다물수가 없다. 한때 인구에 회자된 대로 저것이 정말 달에서 육안으로 보이는지 어떤지 정말 궁금하기도 했다.

그런데 현장에서 처음 알게 됐지만, 그 거대한 장성이 모조리 다 조그만 벽돌들로 쌓아올린 것이었다. 하기야 생각해보면 그게 당연한 상식일 텐데 우리는 보통 그 벽돌의 존재를 잘 인식하지 못하고 그 전체만을 바라본다. 나는 거기서 바글거리는 수많은 사람들과 거기에 박혀 있는 수많은 벽돌들을 겹쳐 보면서 모종의 '벽돌의 철학' 같은 것을 떠올렸다. 거대한 건축물도 실은 작은 벽돌들의 신세를 지고 있다는 것, 벽돌들 없이는 건물도 없다는 것, 그런 철학.

비단 저 장성만 그런 것이 아니다. 조그만 벽돌들을 쌓아올려서 만든 거대 건축물들은 무수히 많다. 특히 우리는 이른바 '성전'을 생각해본다. 유럽 여행을 하다 보면 가장 대표적인 구경거리의 하나가 바로 교회와 성당들이다. 내가 살았던 하이델베르크와 프라이부르크도 그 중심에는 거대한 뮌스터가 우뚝 솟아 있다. 쾰른과 피렌체에서는 그 존재가 더욱 두드러진다. (물론 요즈음은 벽돌 대신 철근과 콘크리트로 집을 짓지만 그런 것은 일단 논외로 치자.) 그 성전들의 위세나 아름다움에는 나도 전혀 이의가 없다. 그런데 나는 그 위세나 아름다움에 결정적 기여를 하는, 그러면서도 주목받지 못하고 잊혀 있는 그 벽돌들의 존재, 그 수고에 대해서도 좀 스포트라이트를 비춰줄 필요가 있지 않을까 하는 생각이 든다.

아마 〈모세〉라는 성서 영화를 본 사람이 드물지 않을 것이다. 거기에, 이집트에서 노예처럼 사는 유대인들이 성전의 건설을 위해 채찍질을 당하며 벽돌을 만드는 장면이 인상적으로 그려진다. 유명한 여호수아도 바로 그 일에 관여한다. 그 벽돌은, 영화가 인상적으로 보여주듯이 거의 피와 땀, 혹은 생명의 교환물인 것이다. 만드는 사람도 사람이지만, 만일 벽돌 자신에게 혹 의식이라는 게 있다면 뭐라고 말할까? 건물의 한 틈에 끼어 그 무게를 감당하는 일이 어디 보통 일이겠는가.

생각해보면 하나의 사회에서 살아가는 우리네 인간들의 처지도 저벽돌들의 처지와 참 닮아 있다. 개인들 없이는 사회라는 전체도 불가능하건만 개인들의 존재는 너무나 자주 너무나 쉽게 잊혀버린다. 경시된다. 심지어는 오직 전체를 위해 개인의 희생을 강요하는 경우도 적지가 않다. 그런 것을 우려하면서 나는 일전에 어느 신문에 이런 글을 발표한 적이 있다.

부분들의 의미 혹은 개체주의

[…] 좀 철학적인 말이 될지 모르겠지만 모든 개체들은 각각 그 고유한 역할이 있고, 그 최선의 상태를 지향한다. 그런 최선지향은 개체들의 본질이라고 해도 과언이 아니다. 그런데 그런 최선지향이 구체적인 삶의 맥락에서는 끊임없이 그 희생을 강요당한다. 그것을 강요하는 보이지 않는 어떤 '전체'의 무게는 개체의 입장에서 볼 때 결코 가볍지 않다.

그런데 우리는 과연 제대로 알고 있는 것일까? 그 전체라는 것은 바로 개체들에 의해서만 구성될 수 있는 실체라는 것을. 각 기관들이라는 부분들에 의해 신체라고 하는 전체가 비로소 성립되듯이 국민이라는 개체들이 모여야만 비로소 국가라는 전체도 있을 수 있다는 것을. 개체들은 그런 의미에서 전체에 대한 지분인 것이고 전체를 위한 자격인 것이다. 그렇다면 우리는 바로 그 전체를 위해서라도 그것을 구성하는 개체에 대해 세심한 배려를 등한시하지 말아야 한다. 나무 한 그루 한 그루가 건강해야 비로소 숲 전체가 건강해질 수 있는 것과 같은 이치다.

개체에 대한 존중과 배려는 건강한 정치를 위한 제1원리가 되지 않으면 안 된다. 그 어떤 세력도 '전체'의 이름을 빙자해서 개체의 권익을 함부로 짓뭉개어서는 안 된다. 우리는 그 '전체'를 입에 올리는 자들이 실은 '전체' 그 자체가 아니라 유기적 전체의 한 부분일 뿐이라는 사실, 더욱이 유기체의 건강한 다른 부분들을 애꿎게도 함께 병원으로 끌고 가는, 그래서 멀쩡한 그들을 더러 같이 병들게도 하는, 어떤 심각하게 병든 부분들, 병든 개체들일 수도 있다는 사실을 날카로운 눈빛으로 주시하지 않으면 안 된다.

단 이런 의미의 개체주의는 다른 부분들, 다른 개체들의 건강을 고려하지 않고 오직 자기만의 이익을 탐하는 이른바 고약한, 얌통맞은 개인주의 내지 소아주의와는 그 철학적 의미가 구별되지 않으면 안 된다. 모든 부분들의 건강은 다른 부분들의 건강에 대해 서로서로 필수적인 조건으로 작용한다. A가 좋아야 B도 좋고 B가 좋아야 A도 좋다. 이것이 건강한 개체주의의 대전제다. 이러한 철학으로 나는 '우리'라고 부르는 이 전체가 궁극적인 최선의 상태를 지향하면서 건강하게 발전해나가기를 희망한다.[21]

그렇다. 개체들은 다른 개체들과, 그리고 전체와 불가분으로 서로 연관돼 있다. 벽돌들도 그렇게 서로 맞물려 있고 서로 맞잡고 있다. 그래서 저 장성도 저 오랜 세월의 풍상 속에서도 견고하게 버티고 있고 유럽의 성전들도 여전히 그 위풍당당한 모습을 뽐내고 있다. 그게 다 저 벽돌들 덕분인 것이다. 저 벽돌들의 단단한 인내와 굳건한 협동에 대해 철학의 이름으로 표창장이라도 하나 수여해야겠다.

"표창장, 이름 벽돌, 귀하는 … 자신을 드러내지 않고 어려운 여건 속에서도 묵묵히 굳게 버티며 협동하여 이 건축물의 완성과 지속에 결정적으로 기여하였으므로 이에 표창함."

이걸로 벽돌의 수고와 소외에 대한 위로가 될지 어떨지 그것은 잘 모르겠다.

---

21) 『경남도민신문』 2014년 11월 17일자.

문의 철학

꿈을 꿨다. 엄청 커다란 문이 있었다. 그 문 앞에서 나는 문이 열리기를 초조한 마음으로 기다리고 있었다. 그런데 순식간에 장면이 전환되면서 어느새 나는 문 저쪽에 와 있었다. 꿈속이지만 신기하다고 생각하면서 그 문을 뒤돌아봤다. 나는 꿈을 엄청 많이 꾸는 편인데 이야기책에 나오듯이 특별히 의미 있는 꿈은 한 번도 꾼 적이 없다. 프로이트식의 해석도 거의 적용 불가능이다. 그러니 이 꿈도 그냥 그런 하나의 장면일 뿐이다.

그런데 그 문이라는 것이 깨고 나서도 좀 기억에 남는다. 그래서 그런지 이것저것 문에 관한 생각들이 떠올랐다.

어린 시절, 우리 아버지는 제법 큰 점포를 운영하셨다. 아버지는 해 뜨기 전 새벽에 가게 문을 여셨고 밤 10시가 넘어 그 문을 닫으셨다. 지금이야 대부분의 가게가 주르륵 셔터를 올리고 내리면 그만이지만,

예전에는 나무틀에 양철을 덮은 묵직한 문을 일일이 밀어서 열고 그 것을 창고에 들고 가 보관했다가 밤이 되면 다시 꺼내 와 일일이 밀어 서 닫고는 했다. 부지런한 아버지는 수십 년간 성실하게도 그 무거운 문을 열고 닫았다. 그것이 그분의 일이었고 인생이었다. 문을 여는 것 은 하나의 세계를 여는 일이었다. 지금 와 돌이켜보면 그 문은 나와 내 형제들의 인생을 여는 문이기도 했다. 아버지는 그렇게 열린 세계 에서 돈을 벌었고 우리는 그 돈으로 공부를 했다. 그것이 문에 대한 나의 첫 추억이었다. 그 문은 그렇게 세상으로 통하는 문이었다.

그 후에 나는 학교에 들어갔다. 다른 사람들은 어떤지 잘 모르겠지 만 나는 학교의 교문을 처음 통과하던 일이 강한 인상으로 남아 있다. 교문 안쪽에는 완전히 새로운 하나의 세계, 배움의 세계가 열려 있었 다. 선생님, 친구들, 그리고 책들…. 교문 이쪽과 저쪽은 완전히 다른 세계였다. 중학교, 고등학교, 대학교에도 교문이 있었고, 그 문들의 느낌은 각각 달랐다. 문 저쪽의 세계가 각각 달랐으니까. 특히 대학의 문은 그 느낌이 더욱 새로웠다. 그 문의 크기가 그 세계의 크기를 상 징하는 듯한 느낌이었다. 함께 공부한 친구들을 굳이 '동문'이라고 부 르는 것에도 아마 모르긴 해도 (한 세계의 입구라는) 문의 의미가 반 영돼 있을 것이다.

그런데 생각해보면 우리는 삶의 과정에서 수많은 문들을 만나게 된 다. 어떤 문들은 열려서 우리의 출입을 허용해주고 어떤 문들은 굳게 닫힌 채 우리의 출입을 불허한다. 열리지 않는 문 앞에서의 막막함. 아마 그 느낌을 모르는 사람은 거의 없을 것이다. 학교의 문, 회사의 문, 그런 것을 포함한 온갖 기회의 문들. 그 문들을 열기 위한 노력이 어쩌면 우리네 인생 그 자체인지도 모르겠다. 고행을 하던 부처는 깨달음의 문을 앞에 했을 것이고, 젊은 파르메니데스는 진리의 문을 목도했을 것이다. 그들은 그 문을 열고 문 저쪽의 세계로 들어갔다. 또 잘은 모르겠지만 예수의 앞에는 천국으로 향하는 어떤 '좁은 문'이 있었을 것이다. 그도 그 문을 통과했다. 그래서 그들은 위대한 것이다.

누구든, 그리고 그 문이 어떤 문이든, 우리는 문이 열리기를 기대한다. 이런 경우도 있다. 내가 좋아하는 육당 최남선의 유명한 시조다.

혼자 앉아서

가만히 오는 비가 낙수져서 소리하니
오마지 않은 이가 일도 없이 기다려져
열릴 듯 닫힌 문으로 눈이 자주 가더라

그는 저 문이 열려 '그이'가 오기를 기다린다. 우리도 각자 한번 물어보자. 나는 지금 어떤 문이 열려 무엇이 오기를 기다리는가? 세상으로 나가는 출세의 문? 황금으로 가득 찬 금고의 문? 어린이들은 어쩌면 저 도라에몽의 주머니에 있는 '어디든지 문(どこでもドア)'을 열고 학원이 없는 세상, 왕따가 없는 세상, 엄마의 잔소리가 없는 세상으로 가고 싶은지도 모르겠다.

난들 그런 문들이 싫기야 하겠는가. 하지만 그런 것과 별개로 나는 동서남북, 좌우상하로 갈라져 서로에게 굳게 닫혀 있는 저 수많은 사람들의 마음의 문이 열리기를 애타는 심정으로 기다린다. 사람들 마음속에 있는 저 문에는 견고한 자물쇠가 채워져 있다. 그것은 "열려라 참깨!"를 아무리 외쳐봤자 열리지 않는다. 초인종을 눌러도 주먹이 아프도록 두들겨도 좀체 열리지 않는다. 우리 모두 그 열쇠를 찾아봐야겠다. 그런 심정으로 썼던 시 한 수를 여기서 되읊어본다.

문

사람들 마음에는 문이 있다
그 문은 오직
따뜻한 손으로만 열리어진다

열린 문
닫힌 문
문들이 있다

사물 속에서 철학 찾기

| 1판 1쇄 인쇄 | 2015년 8월 10일 |
| 1판 1쇄 발행 | 2015년 8월 15일 |

지은이	이 수 정
발행인	전 춘 호
발행처	철학과현실사

| 등록번호 | 제1-583호 |
| 등록일자 | 1987년 12월 15일 |

서울특별시 종로구 동숭동 1-45
전화번호 579-5908
팩시밀리 572-2830

ISBN 978-89-7775-784-4 03800
값 12,000원